KB120106

마음의 안부

마음의 안부

지은이　최선희
펴낸이　김은주

1판 1쇄 인쇄　2023년 8월 18일
1판 1쇄 발행　2023년 8월 28일

펴낸곳　홍림
등 록　제 312-2007-000044호17
전자우편　hongrimpub@gmail.com
전 화　0507-1357-2617
인 쇄　예림인쇄
총 판　비전북(031-907-3927)

외 로 운   나 를   돌 아 보 는

마음의 안부

최선희 쓰고 그림

홍림

:: 일러두기

1. 본문 중 네 명의 인터뷰는 사단법인 씨즈의 '두두 릴레이 인터뷰' 일환으로 진행된 내용입니다. 인터뷰 전문은 두더지땅굴 홈페이지에 소개되어 있으며 또한, 책 출간을 목적으로 인터뷰한 당사자들과는 사전 동의를 얻어 인터뷰가 진행되었습니다.

2. 본문에 나오는 닉네임은 인터뷰이 당사자가 책에서 본명을 대신해 사용하기로 하고 정하였으며, 인터뷰 중에도 본명이 아닌 닉네임을 사용했습니다.

3. 모카의 인터뷰 편에서 SBS의 기획 프로그램인 '곰손카페'에 관한 유튜브 시청자 댓글 중 몇 가지를 추려서 발췌했음을 밝힙니다.

　나는 왜 다른 이의 외로움에 관심을 두었을까? 어
쩌다 외롭다고 느끼는 사람들, 은둔했거나 고립되었
던 사람들을 만나게 되었을까? 은둔과 고립이 현재
진행형인 사람들을 만나게 되었을까? 어떻게 여기까
지 오게 되었을까?

　거슬러 그 시작을 추측해본다면, 중학교 3학년이
었을 것이다. 우리 반 왕따였던 친구에게서 외로움이
보여 그녀에게 내 곁을 내주었고, 친구를 왕따시킨
무리들로부터 '너도 똑같이 될 수 있으니 조심하라'는
경고장을 받게 되었던 바로 그때부터였던 것 같다.
친구의 외로움은 다시 나와 우리 가족에게로 이어졌
다. 술을 벗 삼아 밤낮으로 취해 가족들을 힘들게 하
는 아버지를 보며 이러다가 우리 모두 어떻게 되는
것은 아닌가 하는 알 수 없는 불안감이 찾아오면서,
이제부터 우리에게 아버지라는 존재는 없다고 마음
속으로 선언하듯 곱씹어야 했던 십 대의 그 어느 날
로 말이다. 엄마와 아버지가 사이좋게 손을 붙들고

걸어가는 화기애해한 가족들을 보면 그렇게 부러울 수가 없었다. 엄마의 손을 잡아주고, 삼남매의 손을 붙들고 동물원에 가서 아이스크림을 사주고 회전목마를 태워주는 다정한 아버지가 우리에게는 없었다.

그리고 외로움이 먼저인지 은둔이 먼저인지 알 수 없는 청년 4인과의 깊은 대화로 이어졌다. 그들의 지나간 삶과 오늘날의 모습 속에 친구의 외로움, 나의 외로움이 묻어나 보였다. 멀리뛰기 한 것 같이 듬성듬성 비어있는 그 중간에 왜 다른 외로움이 없었겠는가? 왜 또 다른 은둔과 고립의 고리가 없었겠는가? 다만, 숨 가쁘게 움직여야 먹고 살 수 있었던 팍팍한 삶이 외로움조차도 느끼지 못하게 만들거나, 또는 외로움도 외면하는 자기부정에 이르게 했을지도 모르겠다.

이것이 이 책 『마음의 안부』까지 오게 된 여정이다. '고립·은둔 청년 릴레이 인터뷰'에 참여한 인터뷰이들은 은둔했거나 고립된 경험을 가진, 지극히 평범한 보통의 청년들이었다. 이들은 은둔형 외톨이, 혹은 고립·은둔 청년 전체를 대변하지 않는다. 그런데도 글로 옮기게 된 것은 은둔과 고립의 시간을 경험한 청년들의 아픈 단상을 기록하고 나누며 함께 고민하는 것이, 파편화되는 이 시대의 흐름을 조금이라도 거슬러 보는 것이라 생각했기 때문이다.

이 시대의 고립과 은둔, 외로움에 대해 함께 고민하는 사람이라고 소개를 하며 찾아온 낯선 나를 인터뷰어로 신뢰하며, 짧게는 한 달 반, 길게는 석 달 동안 진솔한 대화를 나눈 네 명의 청년 인터뷰이들에게 깊은 감사를 전한다. 솔직하고 진지하게 자신을 내보여주고 앞으로의 삶에 대한 고민과 기대를 나눠주어서 무척 고마웠다. 그들의 이야기는 자신만의 이야기로 끝나지 않을 것이다. 초연결의 시대에 숨겨져 있는 고립의 싱크홀에서 허우적대는 또 다른 청년들에게 디딜 수 있는 징검다리가 될 것이다. 계절이 지나도록 열지 못한 창문을 젖히게 하는 힘을 줄 것이라 믿는다. 그렇게 되었으면 좋겠다. 끝이 나지 않을 것 같았던 모질고 길었던 시간을 지나 엄마와 우리 삼 남매가 서로를 지렛대 삼아 살아왔던 것처럼, 내가 만난 네 명의 청년도 누군가의 기댈 어깨가 되어 주길 바란다.

03 세 번째 만남, 모험가

에필로그

은둔형 외톨이는 구해야 할 사람이 아니라,
대화가 필요하고 관심이 필요한 사람이다.

첫 번째 만남, 모카

은둔했던 나는 모카입니다

은둔했던 나는
모카입니다

　　고립과 은둔의 경험이 있는 청년들을 인터뷰하기로 한 후, 첫 번째 인터뷰이로 30대 초반의 남성, 모카를 소개받았다. 청년의 삶과 활동 전반에 관심을 두고 활동하는 사단법인 씨즈의 인터뷰 프로그램에 일찌감치 신청했던 그였다. SBS의 <곰손카페>라는 프로그램에도 참여하였다고 했다. 그의 고립과 은둔의 경험이 어떤지 모르지만, 지금은 무척 활동적인 것 같았다.

바깥 세상과 선을 긋고 살았던 그의 숨겨진 시간을 만나기 위해 연락했다. 반갑게, 그렇지만 약간은 조심스럽게 인사를 건넸다. 인터뷰하겠다고 직접 신청했지만, 그는 모르는 사람에게서 온 전화가 낯설었는지 아니면 누워있다가 받았는지 약간은 잠긴 목소리로 전화를 받았다. 조금 어색해 했다. 그는 인천에, 나는 서울 북서쪽 끝에 살고 있어서 만날 곳을 단숨에 정하기 어려워 줌으로 하는 화상 인터뷰를 청했다. 그는 큰 고민 없이 수락했다. 전화를 끊고 잠시 고민했다. '토요일 아침 9시에 만나자고 한 것을 후회하지는 않을까? 주말 아침은 대개 평소보다 조금은 늘어지고 싶고 여유 부리고 싶을 테니까.'

토요일이 왔다. 여느 토요일과 달리 분주했다. 화상이고 비대면이지만 첫 만남에 부시시한 얼굴을 들이밀 수 없어서 마치 외출하듯 화장을 하고 바르지 않는 립스틱도 발랐다. 처음 보는 사람 앞에서 자기 삶의 한 자락을 내보일 이에게 예의를 차리고 싶었다.

노트북 화면으로 만난 모카는 조금 피곤해 보이는 얼굴이었다. 낯선 사람과의 첫 대면에 긴장한 것 같았다. '역시, 아침은 아니었나?' 어색함을 풀기 위해 내가 더 환한 표정으로 맞이해야겠다 싶어 한껏 웃으며 인사했다.

첫 만남인 데다가 화상 인터뷰라는 게 어색하고 신경 쓰였는지 나는 괜스레 웃어대며 반갑다는 인사만 서너 번을 했다. 그는 피곤한 건지 어색한 건지 눈썹을

덮을 정도로 길게 내려오는 앞머리를 자꾸 쓸어올리며 머리를 이쪽으로 한 번, 저쪽으로 한 번 갸웃거리듯 움직였다. 어색한 첫인사를 뒤로하고 자기소개를 부탁하며 인터뷰를 시작했다.

> "안녕하세요. 32세 모카라고 합니다. 은둔 경력으로 따지면 1년 정도 되고요. 마음의 병이 있어서 약을 먹으며 지냈던, 그러니까 기억이 잘 안 나는 시기까지 하면 2~3년 정도 되는 것 같아요."

이 사람, 대뜸 '은둔 경력'부터 이야기한다. '자신감인가? 인터뷰까지 하러 온 마당에 까짓것 숨길 것이 뭐가 있겠나.' 하는 그런 당당함이나 내려놓음일지도 모른다. 은둔에 경력을 붙여 말하기는 쉽지 않으니까. 그는 마음의 병 중에서도 조울증이 있다고 고백했다. 조울증으로 군 면제를 받았고, 병원 폐쇄 병동에 두 달가량 입원한 경험이 있다고도 했다. 몇 마디 나눠보지 않았지만, 모카는 내가 생각하고 예상했던 은둔형 외톨이는 아니었다. 오랜 시간 사회적 관계를 끊고 지내온 사람들은 자신감 있게 자기를 표현하기 어려울 것이라는 나의 오해와 착각이 깨어지는 순간이었다. 편견이 적은 편이라고 자부했는데, 나도 별반 다를 게 없었다. 반면에 모카에게서는 은둔했거나 조울증을 겪었던 모습이 전혀 보이지 않았다. 은둔했던 시기에는 어땠는지 묻는 내 질문에도 모카는 주저함 없이 우울감은 항상 있었고 지금도 남아있다고 했다. 늘 내재하는 우울감이라고. 스스럼없는 대답과는 달리 괜찮지 않은 내용이 예상되었다.

모카의 아버지는 모카가 중학교 2학년 당시 식물인간이 되셨고, 모카가 고등학교를 졸업하고 20살이 될 때까지 누워만 계시다가 돌아가셨다. 아버지가 돌아가시기 전부터 시작한 모카의 일본 유학 생활은 순탄치 않았다. 고등학교를 졸업한 후 떠난 일본에서 그는 조울증을 얻었다. 결국, 모든 것을 포기하고 한국에 들어오게 되었고, 그때부터 모카의 은둔 생활이 시작되었다.
'조울증'이라는 단어가 모카의 입에서 뱉어지는 순간이 너무 갑작스럽게 느껴졌다. 몇 마디 나누지도 않았는데 벌써 진단명을 입에 올리는 걸 보면서 자신에 대해 이렇게 편하게 이야기할 수 있다는 게 나와는 참 다르다는 생각이 들었다. 나는 살아오면서 힘들었던 옛이야기를 입에 꺼내기는커녕 생각조차 하기 싫었던 시간도 퍽 길었다. 그런데 모카는 만난 지 30분도 채 되지 않아 자신에게 조울증이 있다고 고백하는 것 아닌가? 자신에 대해 고백하기로 작정하고 온 사람이어서 그런 것인지 모르겠지만, 그는 자신의 아픔을 이야기할 준비가 되어 있었다.

  그에게 조울증은, 한 장 한 장 책장이 넘겨지듯 지나온 시간 틈에 먼지처럼 안 보이게 차곡차곡 쌓인 흔적들이었다. 오래 쌓여 찌든 때 같았다. 좀처럼 벗겨지지 않은 흔적들처럼.
아직 서른보다 스무 살에 더 가까운 20대의 어느 한 자락에서 돌아본 자신의 모습은 조울증 환자에 은둔형 외톨이였다. 인생 경험 전부가 원인이었을 것이라고 에둘러 말했지만, 오랫동안 아팠던 아버지의 영향이 가장 컸다. 모카는 방과 후 매일 아버지를 보러 병원에 가야 했고, 자연스럽게 친구 관계는 소원해졌다. 그리고 자연스럽게 혼자 있는 시간이 많았을 거다. 경제적 여유가 없었던 탓에 간병인을 쓸 처지가 안됐고 어머니가 병원에서 아버지를 간병하는 동안 항상 집에는 모카와 동생 둘만 남겨져 있었다.

부모님의 관심과 돌봄이 필요한 학창시절이었지만 매일 일하고 간병하느라 바쁜 엄마, 누워만 있는 의식 없는 아빠, 그 누구에게도 어리광부릴 수 없었다. 힘들었을 거다. 외로웠을 거고.

모든 것에는 이유가 있는 법이다. 끝을 내기 위해서는 그 시작도 찾아볼 수 있어야 한다. 모카의 은둔, 마음속 깊고 진한 생채기를 갖게 한 첫 번째 시작은 아버지였다. 아픈 아버지, 가족들의 생계를 책임지면서 누워있는 남편까지 돌봐야 했던 어머니는 모카와 동생을 한 번도 떠난 적이 없었지만, 아이들에게 따스한 곁을 내줄 여유가 없었다.

철이 빨리 들었는지도 모르는 모카와 동생은 꽤 외로운 시간을 보냈다. 강하고 단단했던 아버지가 무너지고 연약한 모습을 보는 것도, 무엇을 해야 서로에게 힘이 되는지도 모르면서 무작정 그냥 하루하루를 묵묵히 버티며 지내왔던 것도 힘겨웠다. 자신들도 지치고 힘들면서 오히려 아무 변화 없는 아버지를 계속 살피고 돌봐야 하는 매일이 쉽지 않았다. 방과 후 친구들과 어울려 놀고 싶은 마음을 누르고 억지로 병원에 가고, 대답없는 줄 알면서 으레 아버지에게 말을 걸고, 밤이 늦도록 동생과 둘만 있는 텅빈 집으로 돌아가는 일상이 반복되었다. 누군가 잘했다, 대견하다 칭찬해도 별로 기쁘지 않고 그저 허공에 흩어져 날려 버렸을지도 모른다.

'그래서 아무 말도 못 했겠지. 어린 나이에도, 사춘기의 한참 예민했던 청소년기에도 투정 한번 제대로 못 했겠지. 둘밖에 없는 집의 공허함과 쓸쓸함을 매일 온몸으로 느끼면서도 아무렇지 않은 듯 매일 보냈겠지.'

힘들었을 모카의 어린 시절을 공감하는 말끝에 나지막이 '네.'라고 대답하며 살짝 끄덕이는 모카의 눈이 잠시 초점을 잃었다. 그의 눈길은 어린 시절의 모카에게 닿아있는 듯했다.

혼자 있지만,
연결되고 싶은 나

"은둔 생활을 하던 3년 동안 가장 힘들었던 것은 무엇이었나요?"

"사람들과의 소통? 스스로 '나는 덜떨어진 사람'이라고 생각해서 모든 사람과 연락을 끊었어요. 하지만 한편으로는 연결되고 싶은 마음도 있었어요. 그래서 혼자 있으면서 많이 외로웠어요. 지금부터 10년 전이에요. 그때는 사람들이 보기에 저는 그냥 집에만 있는 사람이었어요. 나가지는 못하고, 나와 비슷한 처지에 있는 사람을 뭐라고 규정해야 할지도 모르겠고 어디에서 만나야 할지도 몰라서, 그때 참 많이 힘들었어요."

모카가 은둔했을 때는 은둔형 외톨이에 대한 인식이

지금보다 부족할 때였다. 집에만 틀어박혀 있는 사람을 특별히 무엇이라고 지칭해서 불러야 할 필요성조차 느끼지 못했을 것이다. 그냥 게으른 사람, 연인에게 시련 당했거나 사업이나 학업에 실패한 사람으로 보였을지도 모른다. 일본 문화를 경험하고 온 모카는, 만나기는 어렵지만 어딘가에 자신과 비슷한 어려움을 겪는 사람들이 있을지도 모른다는 생각을 했다. 집 안에 고립되어 있기는 하지만 동시에 누군가와 연결되고 싶기도 했다는 그의 고백이 마음에 깊게 남았다. 어쩌면 자의든 타의든 방 안으로 숨어든 사람들 대부분은 혼자이지만 한편으로는 누군가와 계속 연결되고자 하는 마음이 들 수도 있겠다는 확신 아닌 확신이 들었다. 사람은 그런 존재니까. 혼자인 게 편한 사람도 결국 어울려 살아야 할 때가 오고, 태생적으로 그래야 하는 존재니까. 이들이 지금 은둔하고 있다 하더라도 영원히 숨어들겠다는 마음은 아닐 것이다.

모카는 혼자 있지만 누군가 연결되고 싶을 때 고양이를 키우게 되었다. 인터넷 커뮤니티에 조금씩 글도 쓰기 시작했다. 누군가에게 말을 하고 싶었던 것 같다던 그는 자신의 이야기를 들어주는 사람을 인터넷에서 찾을 수 있었다.

　　자신을 '덜떨어진 사람'이라고 여기고 사람들과 관계를 끊고 홀로 되었던 외로움의 시간을 보냈던 모카, 철저히 홀로이면서 누군가와는 연결되고 싶었다는 아이러니한 그의 마음을 왠지 이해할 수 있을 것 같았다. 어떤 이는, 고립은 그가 선택한 것이고 외로움은 그 결과물이라고 여길지도 모르지만, 사실은 사람들의 무관심과 모카의 무력함이 그를 고립의 문턱을 넘어가게 한 것 같았다. 왜 그러지 않았겠나. 7년간 제대로 된 의사 표현도 못한 채 누워만 지내셨던 아버지, 남편의 병간호와 어린 두 자녀를 제대로 키워야 한다는 의무감으로 일찍 젊은 가장이 된 어머니의 삶의 무게까지 느끼며 그 무엇을 대신할 수도, 대신 짊어질 수도 없었던 자신을 무력하다고 느끼며 자라오지 않았겠나. 점점 사람들의 관심에서 잊혀지고 어린 자신은 아무 것도 할 수 없고, 그 무엇도 소용없다는 것을 가장 가까운 가족 가운데서 경험하며 알았을 것이다. 그렇게 '무력한 나'를 키웠던 성장이 '나는 쓸모없는 사람'이라는 등호를 만들어냈을 것이다. 너무 자연스럽게도.

모카가 쓰는 글은 부모님이나 친구, 주위의 그 누구에게도 말하지 못했던 이야기들이 소재가 되었다. 사람들의 댓글과 반응이 있어 위로를 받았다. 그리고 자신을 아픈 사람, 마음을 다치고 아픈 병이 있는 사람이라서 그럴 거라며, 스스로 합리화하고 스스로 위로했다.

모카의 합리화는 자신의 약한 부분을 세상에 변호해 주었고, 더 움츠러들거나 더 깊이 숨어들게 할 뻔할 위기를 잘 넘어가게 해주었다. 그럼에도 그의 머릿속을 계속 떠나지 않았던 생각이 있었다.

'나는 고장난 사람이다.'
'일반인들하고 다르다.'
'환자다.'
'존재가치가 없다.'

바닥을 치던 자존감의 표현이었다.

스스로 환자, 아픈 사람이라고 생각했음에도
불구하고 한 번도 누군가에게 도움을 요청하지 않았
다는 게 좀처럼 이해가 되지 않았다. 그러나 그는 자
신의 아픔을 털어놓기 힘들어서 자연스럽게 도움을
요청할 용기조차 내지 못했다고 했다. 지금이야 세
상이 달라졌지만, 10년 전은 달랐다. '나는 정신병을
앓고 있고, 무기력한 상태로 은둔하는 사람'이라고
과연 누가 이야기할 수 있겠는가? 지금보다 편견이
심했던 당시에는 금기어 같은 정신병을 입에 올리고
공개하기도 쉽지 않았다.

'나는 도움이 필요한 존재다, 도움을 받아야 한다,
누군가 필요하다.' 는 것을 알면서도 도움을 요청할
수도, 누군가에게 편하게 이야기할 수도 없었던 모
카의 지나간 시간을 위로하고 싶었다. 나는 최대한
열린 자세로 노트북 카메라에 가까이 다가가 앉았고
고개를 끄덕이고 눈과 귀를 고정하고 들었다. 모카
의 이야기를 듣는 내내 "음……, 네……" 하는 대답을
추임새처럼 빼먹지 않았다.

'나는 아프니까, 나는 병이 있으니까'

시간이 한참 지나고 나서야 모카는 그것이 자기합리
화라고 인정했다. 그렇지 않으면 그날의 자기 존재
를 부인하게 되고 방 안에 콕 박혀 지내는 자신은 말
그대로 짐짝 취급하게 되니, 주술사처럼 주문을 외
우며 시도 때도 없이 주절거릴 수밖에 없었다. 모카
는 그렇게라도 자신을 스스로 보호하고 위로하고 변
명하려고 했다.

　　모카의 은둔 생활은 잔잔했다. 실내생활을 하
는 고양이와 함께 밤낮 구분 없는 나른한 생활을 하
고, 종종 인터넷 커뮤니티에 글을 썼다. 별일 없는
일상이지만 나름의 즐거움도 있었다. 자신이 행복했
던 어린 시절을 생각나게 해주는 '짱구'를 보며 잠시
나마 지나간 행복을 추억하기도 했다. 그리고 언젠
가 방 밖으로 나가게 되면 다시 일본으로 돌아가리라
고 생각해 왔다.

은둔 생활 중에 자신의 행복했던
어린 시절 기억을 더듬어 보았던 모카.
행복했던 시절을 추억하는 것만으로도
오늘의 아픔을 잠시나마 잊게 하는
나름의 방법이 되었다.

경제적으로 넉넉하지 않았던 모카네 집에서 무슨 돈이 있다고 일본 유학까지 보냈나 싶었다. 나도 고등학교 시절 일본 나고야에 교환학생으로 가서 공부할 기회가 생겨 시험도 보았지만 결국 돈 때문에 가지 못했다. 돈 없으면 공부고 뭐고 할 수 없었다. 왜 무리해서 일본에, 그것도 유학까지 가게 되었는지 궁금했다.

"현실 도피처였어요. 아버지가 식물인간이 되시고 돌아가시기 전이었는데, 가장의 무게가 너무 무거웠어요. 그래서 도망치고 싶었어요. 학생 때부터 제가 제정신이 아니라는 것을 알았으니까, 새로운 곳에 가서 새롭게 살아보고 싶었어요. 잘 안 되긴 했지만……."

모카는 은둔의 모습이 각지각색이라고 말했다.

"방 밖으로 못 나가는 게 은둔이지만 사회적으로 고립된 사람들도 은둔하고 있다고 생각해요. 크게 보자면 밖에 나와 있어도 고립된 사람들, 사회적 관계 단절 청년들까지도 '은둔형 외톨이'라고 볼 수 있을 것 같아요."

은둔형 외톨이는 씻지도 않고 살도 뒤룩뒤룩 찌고 집에 쓰레기가 쌓여있는 냄새나는 집에 살 것 같다고들 하지만, 실제로는 그렇지 않다고 말한다. 그런 사람은 10명 중에 2, 3명 정도일 뿐이고 모카가 만나본 은둔형 외톨이는 깔끔하고 옷도 잘 입고 말도 조리 있게 잘하는 사람들이었다고 했다. 마치 모카처럼.

고립·은둔 청년들을 만나 인터뷰를 하고 있다는 나의 근황에 자신의 조카도 그렇다고 이야기했던 지인이 생각났다. 소위 좋은 대학을 졸업하고 주변 사람들에게서 촉망받던 청년이었는데 대학을 졸업하고 나서부터는 직장과 집만 왔다 갔다 하는 정도일 뿐이고 다른 사회적인 관계망을 전혀 가지고 있지 않다고 했다. 누구도 만나지 않고 주말을 함께 즐기는 친구나 이웃도 없다고 했다. 밖에 나와 있어도 고립된 사람들, 이들도 은둔형 외톨이라고 하는 모카의 이야기를 듣고 잔상이 오래 남았다. 아침, 저녁으로 출퇴근하고 경제활동도 하면서 남들과 다르지 않게 지내는 것 같지만 사람들과 섞이지 않거나, 혹은 섞이지 못하고 고립된 사람들이, 은둔형 외톨이의 또 다른 형태일 수도 있겠다 싶었다. 그렇다면 우리는 타인에게서 벗어나려고 얼마나 애쓰고 몸부림치고 사는 걸까?

모카의 도피처 일본.
도피처로 삼을 만한 곳이 있었다는 것은
모카에게는 행운이었다.

비자발적인 고립의 시대,
코로나

2020년부터 3년간 우리는 코로나를 겪으면서 반강제적으로 사회적 관계 단절을 요구받았다. 한국에서 은둔형 외톨이에 대한 조명은 코로나 시대를 지나면서 더 집중되었다. 여러 기사에서 다루었듯이 코로나로 인해서 사회적 단절, 고립, 은둔이 심해졌다는데, 은둔·고립 청년들은 그것을 어떻게 체감했는지, 단절과 분리를 요구하는 시대 흐름 속에 이들의 삶은 어떻게 영향받았는지 궁금했다.

"다행이라고 생각했어요. 사회적 관계가 단절된 청년들이 수면 위로 떠오르기 시작하고 사회가 관심을 갖기 시작하고, 그러면서 전보다 은둔형 외톨이를 보는 눈들이 조금 달라졌다고 느꼈어요. 그래 봤자 사람들에게는 여전히 은둔형 외톨이지만요.

코로나로 다들 힘들어할 때, 은둔형 외톨이는 집안
에 머무는 생활에 익숙해져서 오히려 잘 지내시는
분들도 계셨어요. 코로나를 잘 넘어간 것 같아요."

은둔의 경험이 코로나라는 위기를 잘 넘어가는데 도
움이 되었다는 말이 흥미로웠다. 어떤 경험이든 그
냥 버려지는 것은 없구나 싶었다. 사람들의 시선에
서 멀어지고 숨어들어갔던 고립의 시간이 도움되는
날이 올 것이라고 그 누군들 생각이나 했겠나. 우리
는 한치앞도, 그 무엇도 예상하기 어려운 시대를 살
고있는 듯하다.

　'K2 인터내셔널 코리아'는 고립·은둔 청년을 종
합적으로 지원하는 일본 사회적기업의 한국법인인데
2012년부터 2021년까지 한국에서 활동했다. 활동
당시 운영했던 프로그램 중 '은둔 고수 프로그램'이
있었다. 이 프로그램의 '은둔도 스펙'이라는 슬로건
과 그 믿음을 현실로 확증한 것이 코로나 시기였다.
코로나가 고립·은둔 청년들 중 어떤 이들에게는 도움
이 되었지만, 은둔을 거의 극복했던 시기의 모카 자
신에게는 힘든 시기가 되었다. 모카는 집안에만 있

던 은둔형 외톨이에서 은둔을 어느 정도 극복하고 밖으로 나가 사회적 고립 청년이 되었다가, 코로나로 갈 곳이 없어서 다시 방 안에 틀어박히게 되었다. 코로나는 모카에게도 힘든 시기였다. 그렇지만 강제적으로 일주일, 열흘을 단절된 삶을 살아보게 되면서, 그동안 정서적으로나 사회적으로나 고립과 단절된 관계에서 살아온 사람들을 이해할 수 있는 의미 있는 시기이기도 했다.

모카는 은둔의 경험이 코로나를 지낼 때 고립·은둔 청년들에게는 꽤 도움이 되었을 거라고 했지만, '은둔도 스펙'이라는 외침에는 갸우뚱했다. 그럴 수도, 아닐 수도 있다고 했다.

"저와 비슷한 사람을 돕는 일을 하면 도움이 되고 스펙이 되겠죠. 그렇지만 결국 다른 사람들이 보기에는 우리는 그저 방 안에 처박혀 있는 배부른 사람인 거예요."

사람들의 따가운 시선을 많이 받아서인지 그의 말끝에 자조적 여운이 묻어났다.

누구도
구원자가 될 수 없다

"구해드리고 싶은 게 아니에요. 내가 누구를 구제
한다는 생각은 전혀 없어요. 문화예술을 통해서 그
분들이 가진 개성, 내면의 목소리와 대화를 하고
싶은 것뿐이예요."

모카는 자의 반, 타의 반 방 안에 갇혀 지내는 은둔
형 외톨이와 대화하고 싶었다. 은둔을 극복하고 밖
으로 나오는 것도 중요하지만, 은둔의 시간을 보내
면서도 얼마든지 세상 밖을 접하고 즐기고 세상과 소
통할 수 있다고 이야기한다. 문화예술이 그들과 대
화를 나누는 통로가 될 수 있을 것이라고 생각한다며
그저 그 뿐이라고 말했다.

나는 그동안 사회복지 현장의 사회복지사로 15

년 가까이 활동해왔다. 가정폭력, 왕따 친구, 학교폭력, 자라면서 겪은 여러 가지 일들이 나를 자연스럽게 숙명처럼 사회복지의 길로 이끌었지만, 사회복지 현장에서 많은 당사자들을 만나고 특히 나의 경험과 비슷한 어려움으로 힘들어하는 분들을 만날 때면 깊은 트라우마나 상처처럼 그들의 아픔이 나에게서 다시 되살아나 오버랩되곤 했다. 그때마다 성경의 한 구절이 떠올랐다.

'형제들아 나의 당한 일이 도리어 복음의 진보가 된 줄을 너희가 알기를 원하노라.'

나 혼자 괴롭고 끝나는 절망적이고 고통스러운 과거가 아니라, 누군가를 일으켜 세우고 한 발짝 자기 걸음을 걷게 하는 지지대가 되고 징검다리가 될 수 있다면 좋겠다고 생각했다. 어쩌면 나의 경험이 누군가를 위한 거름이 되길 바라면서 버텼을지 모르겠다. 나에게도 버틸 이유와 목적이 필요했고, 살아갈 이유가 필요했으니까.

모카는 누군가를 구하고 싶은 것이 아니라고 했

다. 은둔형 외톨이는 구해야 할 사람이 아니라, 대화가 필요하고 관심이 필요한 사람이라는 것이다. 사실 누구도 다른 이의 인생을 전적으로 구할 수는 없다. 그렇지만 누구든 대화를 나눌 수는 있다. 의지만 있다면 갇혀 지내고 싶은 이의 마음을 들여다보고 잠시라도 진심으로 대화를 나누는 것이 돕고자 하는 우리가 할 수 있는 일의 최선이 아닐까? 그들이 세상으로 나올 수 있도록 그들을 향한 작은 징검다리를 만들어가고 싶어졌다.

세상 밖으로 나가고 싶은
은둔형 외톨이

모카는 은둔을 천천히 극복해나갔고 집 밖으로 나가 세상 속으로 조금씩 들어가기 시작했다. 자신과 같은 은둔·고립 청년을 만나게 될 거라고는 생각해보지 않았다. 그러다가 우연히 SBS에서 기획 프로그램으로 준비하는 <곰손카페>에 출연하게 되면서 은둔·고립청년에 대해 관심을 갖게 되었다. 은둔 고수 프로그램에도 나가고, 청년들을 지원하는 기관에 온라인 커뮤니티를 관리하는 역할도 맡게 되었다. 은둔형 외톨이의 모습을 자신 하나로만 국한했다가 다른 청년들을 만나게 되면서 은둔형 외톨이는 매우 다양한 모습으로 존재한다는 것도 알게 되었다.

"각지각색이었어요. 하나의 틀에 박혀 있지는 않았어요. 어떤 분은 방 안에서도 에너지가 넘쳤고, 어

떤 분은 한없이 우울했고, 어떤 분은 방에 있지만
일도 했고, 아무 것도 하지 않는 분도 있었어요."

그는 일본처럼 더 많은 사람들이 은둔형 외톨이 문
제에 대해 관심을 갖고 더 많이 관련 단체가 만들어
지길 바랐다. 소수의 단체가 그들을 모두 대변하고
대표한다는 것은 위험한 면이 있다는 우려도 나타냈
다. 은둔과 고립의 정도가 심각한 일부 은둔형 외톨
이에 대한 단편적인 모습만 보여지게 되어 그것이 전
부라고 생각하고 사람들에게 왜곡된 인상을 주기 때
문이다. 이들을 돕고 있는 여러 지원단체의 활동에
도 한계가 있다고 생각했다. 무조건 배려하고 무조
건 도와주는 것을 넘어서, 이들이 지역의 어떤 연관
성을 가지고 세상 밖으로 나올 수 있을지 고민하는
것이 필요하다고 했다. 내 15년 사회복지 경력이 무
색해지는 순간이었다.

당사자의 힘이었다. 사회복지사로 일을 하며,
변화의 가장 큰 힘은 당사자 본인에게 있다고 늘 믿
어왔다. 그래서 말썽만 피우는 골칫덩어리 청소년들
을 왜 감싸고 있냐고 팔짱을 끼고 있는 사람들에게

기회만 되면 이야기했다. 우리 아이들은 매일 0.001 밀리미터씩 자라고 있다고. 조금 더 기다려달라고. 모카도 비슷한 마음이 아니었을까? 은둔형 외톨이라고 불리는 이들이 누군가의 시선에서는 문젯거리일지 모르지만 나름의 삶을 살고 있고, 이들이 정작 집 밖을 나가고 세상 속으로 들어가게 되면 가장 가까운 곳, 가족과 지역에서 함께 할 수 있는 지점이 있어야 한다고 생각했던 것 같다. 이들을 기다려주고, 함께 숨 쉬고 살아갈 그들의 자리를 남겨주는 것이 필요하다는 생각이 들었다.

> "은둔형 외톨이가 좀 더 나아질 수 있는 부분은 이런 것 같아요. 집 앞에 있는 슈퍼에 나갔는데 슈퍼 아주머니가 '또 왔네? 잘 지냈니?' 라고 인사라도 해줄 때요. 그럴 때 내가 살아있음을 느껴요. 내가 존재하고 있음을 느껴요. 이분이 나를 기억해주시는구나 하는 것 같아요."

모카는 은둔형 외톨이가 세상으로 나오려면 이들만의 활동이어서는 안 된다고 했다. 결국 사람들과 섞여 살 수 있어야 하는데 경험이 비슷하고 서로를 이해할 수 있는 사람들끼리만의 모임과 활동으로 남는다면 안 된다는 의미로 이해됐다. 맞는 말이었다. 사회복지사로 활동하면서 청년들의 자립에 대해 많이 고민했는데, 지역 현장에서 만난 선생님들은 그런 말씀을 자주 하셨다. '지역에서 나고 자란 청년들이 지역에서 먹고 살 수 있는 것이 중요하다'는 것이었다. 현재의 한국 현실에는 맞지 않는 이야기, 이상적인 이야기로 들릴 수도 있겠지만 우리가 지향해야 할 자립의 모형이라는 생각이 들었다. 지금은 은둔형 외톨이가 숨어 들어가 있지만 언젠가는 다시 사회의 일원으로서 당당하게 자기 몫을 할 것이라는 믿음을 가지고 그들과 함께 할 삶의 자리를 마련해야 한다.

은둔도
스펙이다

"어떤 은둔형 외톨이들은 방 안에서 고립된 생활을 하면서도 자기만의 세계를 만들어요. 지식을 쌓고 온라인을 통해서 커뮤니티 활동을 이어가는 사람도 있고요. 모카님도 그 고립과 은둔의 경험을 스펙으로 만들어야 한다고 했잖아요. 정말 '은둔도 스펙이다.'라고 말할 수 있는 분들이 주변에 있나요?"

"은둔 고수요? 음, 일단 저요!"

모카는 자신을 은둔 고수의 한 사람으로 소개했다. 은둔형 외톨이를 인터뷰하기로 했는데 첫 시간부터 은둔 고수를 만나게 되었다니. 모카는 '은둔도 스펙'이라고 하는 것을 두 가지 측면에서 소개했다. 하나는 은둔의 경험 그 자체로 누군가에게 도움이 되는 이야기를 해줄 수 있다는 측면이고, 다른 하나는 방 안에서 여러 문화예술을 즐기면서 세상과 소통하고 자기 효능감을 느끼는 것이다. 즉, 방 안에서 지냈던 시간을 스펙으로 활용하는 것에서 자신의 존재 가치를 느낀다는 것이다. 모카도 은둔했던 당시에는 자신을 은둔 고수라고 자신할 수는 없었다. 처음에는 그저 은둔했을 뿐이었고, 힘든 만큼 아파했을 뿐이었다. 그러다가 피하고 쫓기듯 찾아들어간 컴퓨터 모니터 속에서 또 다른 세상을 만났고, 눈에 보이는 세상만큼 다양한 사회, 인터넷 커뮤니티를 만나게 되었다. 자신과 비슷과 아픔을 가진 사람들과 교류하고 대화하는 기회를 갖게 되면서 모카 스스로 자신의 은둔을 이야기하고 아픔을 드러내놓을 수 있었다.

우울증을 치료하는 방법 중 하나로 '자신의 숨겨진 상처를 드러내라'고 제시하는 상담책을 읽은 적이 있다. 모카는 '온라인'이라는 눈에 보이지 않는 세상에 흩어져 있는, 자신처럼 아픈 사람들 사이에서 자신의 상처를 드러내고 조금씩 치유받고 있었던 것 같다. 그러나 누구도 그 과정을 상담이나 치료라고 부르지는 않았다. 그저 '은둔하고 있다'고 말했다.

아는 사람이든 모르는 사람이든, 어떤 방식으로든 자신을 드러내는 것은 결코 쉬운 일이 아니다. 모카는 홀로 있는 시간을 자청했지만 끊임없이 사람들과 연결되고 싶어했고, 자신의 상처입은 과거와 현재 상태를 공유했다. 그런 모카에게 얼굴도 모르는 익명의 사람들이 응원했고 곧 괜찮아질 거라고 대답해 주었다. 자기 삶을 응원받는 순간이야말로 힘들어도 살 만한 이유를 찾을 수 있는 시작인 것이다.

> "씨즈의 자조 모임에 나가면, 다들 고수예요. 미국 애니메이션 고수, 베트남에 대한 고수, 고수가 정말 많아요. 그런데 은둔 그 자체가 스펙이라고 하는 것보다는, 자세히 파고 들어가 보면 은둔 너머로 각 사람에게 주목해야 할 개성과 특성이 조금 더 보이는 것 같아요. 그런 분들을 위해서라도 지역사회 관계망이 필요한 거고, 당사자들이 문화예술을 연결고리로 모임을 주최하고 커뮤니티를 만들어 활동하면서 얼마든지 고수로서의 자신의 가치를 증명할 수 있다고 봐요."

자기 삶을 응원받는 순간이야말로
힘들어도 살 만한 이유를 찾을 수 있는 시작

괜찮아,
힘내지 않아도 괜찮아

"의분이 들어요. 은둔의 여러 모습이 있다고 했는데요. 너무 힘들어서 의욕이 없거나 깊은 우울감에 빠져 있는 경우에는 아무 것도 하고 싶지 않을 텐데, 그런 분들한테 자기만의 스펙이 될 만한 활동을 하고 지역사회로 나가라고 하는 것은 당사자들이 아닌 외부의 기대와 욕구가 아닐까요? 그런 은둔 청년들을 위해서 도움이 될 만한 것은 어떤 것이 있을까요?"

"우울감으로 집안에 머물러 있는 청년들이 할 수 있는 것은 특별히 없다고 생각해요. 그냥 뭔가를 하지 않아도 괜찮은 시기인 거죠. 어차피 그런 시기는 다 지나가거든요. 나를 도와주는 단체가 있는지도 모르고 정말 아무 것도 모를 때, 그리고 무엇도 할 수 없을 때, 저에게 가장 도움이 되었던 말은 '뭘 해라'가 아니라 '가만히 있어도 괜찮다'였어요. 그런 분들은 힘낼 필요 없어요. 그냥 있어도 괜찮아요. 본인들이 (방 밖으로) 나가고 싶어 할 때 도와주면 되는 거예요. 그분들은 방 안에서 그대로 있어도 괜찮아요.

상처받고 자기 마음이 갈기갈기 찢겨 있는 사람에게는 딱지가 생기고 아물어가는 과정이 필요해요. 세상 밖으로 나가려고 해도 아직 흉터가 있을 텐데 아물지 않은 상처를 벌려놓는 것은 섣부르다고 생각해요. 그분들한테 필요한 말은 '괜찮다'는 말이에요. 그대로 있어도 괜찮아요, 전혀, 틀린 게 아니에요. 상처받았으면 치유할 시간이 필요하죠. 아무 이유 없이 방 안에 있는 것이 아니니까요."

이유 없는 은둔과 고립은 없다. 그들에게는 은둔형 외톨이, 그 모습 그대로를 '인정해 주는 것'이 필요하다. 누군가 지금 은둔하고 있다면, 그리고 깊은 은둔의 시간을 보내고 있다면 그럴 수 밖에 없는 상황을 이해해주고 받아들여주는 것이 필요하다. 물론 쉬운 일은 아니다. 더구나 가족들에게는 힘든 일이다. 가족 중 한 사람이 세상과 벽을 치고 집 안에서만 머물고 있을 때 아무 동요나 질문 없이 편안하게 받아들이고 끝도 모를 은둔을 잠잠히 기다려주는 가족은 드물 것이다. 받아들이기 어렵지만 그럼에도 불구하고 그 모습 그대로를 인정해주고 '때가 될 때까지' 기다려주는 것, 가족이기에 해줄 수 있는 일이다. 가족은 그래야하지 않을까? 자로 재고 저울에 달아보듯 그렇게 가족의 가치를 측정할 수 없는 것처럼 서로에게 쉽게 이해할 수 없는 모습을 보인다 해도 부끄러움보다는 가족에게만큼은 이해받을 수 있기를 기대하고 다른 누구에게보다 너그러워질 수 있는 것, 그것이 가족 안에서 이들이 기대하고 바라는 부분이 아닐까 생각해본다.

모카는 시간이 약이 될 수도 있다고 말했다. 방 안에 혼자 있게 되면 자연스럽게 떠오르고 이어지는 생각들, 대화도 소통도 하지 않고 혼자서 꼬리에 꼬리를 무는 생각을 하게 되고 그 과정을 통해 나름의 깨달음을 얻을 수 있다고 했다. 그런 의미에서 그들에게는 절대적으로 시간이 필요한 셈이다. 시간이 약이 된다는 것도, 결국 각자의 상처가 아물 시간,

즉 누구의 방해도 받지 않고 나에게만 주어진 시간, 외롭지만 견뎌내며 앞으로의 삶을 고민하는 시간, 그 시간들이 쌓여 치유의 시간이 되고 회복의 시간이 될 수 있는 것이다. 철저히 혼자되어 상처입은 자신의 과거와 직면하며 아픔과 쓰라림도 있겠지만 조금씩 더디게 치유되는 과정 중에 회복의 기회도 얻는다. 과거를 다시 반복하지 않기 위해 스스로, 자신의 본 모습으로 재생하는 시간이 그들에게는 필요한 것이다.

"방 안에서 모든 것을 차단해놓고 자기를 방어하는 사람들에게는 방법이 하나밖에 없어요. 기다리는 수밖에. 그분의 원초적인 트라우마를 다른 사람들이 대신 해결해줄 수 없기 때문이예요. 부모님과 다툼, 말실수로 방 안에 틀어박힌 사람들이 있어요. 부모님이 사과하고 다가가려 한다고 해도 금방 좋아지지는 않을 거예요. 그건 결국 시간밖에 답이 없어요."

아픔을 묻지 않는
배려

"우리 주변의 고립·은둔 청년들을 위해서 도움이 될 만한 것은 어떤 것이 있을까요?"

"어떤 상황이 되었든, 본인에 관해 이야기를 들어주고 배려해줄 사람들을 찾았으면 좋겠어요. 우울감이 깊고 집 밖으로 나가기 어려운 분은 인터넷이 되어도 좋고, 집 밖으로 나올 수 있는 상태면 교회를 다니라고 해요."

모카는 기독교를 극혐했던 사람이었다. 친척 어른 중에 기독교 신앙에 지나치게 심취한 분이 있어서 기독교, 교회라고 하면 고개를 절래절래 흔들고 보는 사람이었다. 그 때문에 다니던 교회도 그만둘 정도였다. 그런데 모카가 너무 힘들 때 모카를 도와주던 친구가 교회에 다니고 있었다. 고마운 마음에 그 친구를 따라 자연스럽게 교회에 다시 발걸음을 하게 되었다. 그들은 모카를 따뜻하게 환영해주었다. 무엇보다 모카의 아픔에 대해 묻지 않았다.

그 순간, 나를 아프게 했던 한 사람과, 나의 아픔을 캐물었던 한 사람이 생각났다. 나의 학창시절, 가장 반짝이던 그때의 나를 그늘지게 했던 단 한 사람, 아버지. 아버지는 가족들을 힘들게 했다. 술만 마시면 폭군처럼 변하던 아버지였다. 평생 건설현장에서 단련이 된 단단한 몸뚱아리로 엄마와 우리 삼남매를 밀어붙이고 손에 잡히는 대로 물건을 집어던져 몸과 마음에 상처를 내는 날이 많았다. 시험 때가 되면 자식들의 공부를 방해하려고 두꺼비집을 내리고 우리가 저항하기라도 하면 온갖 험한 말을 쏟아내 결국 지쳐서 나가떨어지게 만들곤 했다. 나중에는 밥은 안 먹어도 술 없이는 못 사는 심각한 알콜중독자가 되었다. 급기야 아버지에게는 의처증까지 생겼다. 남들 다 자는 새벽녘에 일어나 꼬박 한 시간을 걸어가 4시 30분에 멈춰서는 버스 첫차를 타고 청소일을 하러 다니는 엄마를 의심했고 힘들게 했다.

이스라엘의 430년 애굽의 종살이 같았던 괴로 웠던 우리 가족들의 고통스러운 시간도 오랫동안 계 속되었다. 엄마의 출애굽 선언, 아버지를 떠나 비와 바람을 피하는 수준이었던 작은 방 한 칸에 몸을 숨 기며 시작되었던 광야의 시간도 20년이나 계속되었 다. 2020년 어느 날, 우리 가족은 아버지가 돌아가셨 다는 연락을 받았다. 우리는 미움과 원망, 언제라도 쫓아와 해꼬지하지 않을까 하는 오랜 불안의 원인이 었던 아버지를 위해 소박한 장례를 치렀다.

코로나를 핑계삼아 가족장으로 조용히 치렀다. 우리 가족의 오랜 아픔이었던 아버지의 죽음을 설명하고 싶지 않았다. 갑작스러운 아버지의 죽음에 우리만큼 당황스러운 이들이 있을까마는, 한 번도 입에 올리 지 않았던 아버지의 존재와 죽음에 대해 무척 궁금해 하는 한 사람이 있었다. 입에 올리는 것조차 고통스 러웠던 이름, 아버지. 그 아버지의 죽음에 대해 그녀 는 이렇게 말했다.

"살아있는지 죽었는지 몰랐던 아버지가 돌아가셨다 고 해서 당황스러웠어. 어떻게 된 거야?"

"……."

"오랫동안 떨어져 지냈어요. 아버지가 가족들을 너무 힘들게 하셔서……."

오래 뜸 들이며 어렵게 입을 떼고서도 이야기를 쉽게 이어가지 못하는 침묵의 말 줄임표를 이해하지 못했는지, 아니면 깜짝 놀랄 만한 드라마의 예고편처럼 생각했는지, 그녀는 계속 궁금해했다. 의자를 뒤로 젖히고 다시 고쳐앉았다. 그간의 자초지정을 말할 때까지 대화를 끝내지 않겠다는 다짐이 엿보였다. 과거를 되짚어 떠올리고 다시 이야기를 하는 것 자체가 너무 힘든 일이라고 이야기했지만 그 다음 이야기를 이어가길 원했다. 그 순간이 내게는 너무 고통스러웠다. 폭력적인 그녀의 기다림은 계속 이어졌다. 결국, 원치 않는 대화를 끝내기 위해 나는 다시 말문을 열었고 하고 싶지 않은 고통스러운 이야기를 끄집어 올렸다. 알콜 중독, 가정폭력, 이런 핵심적인 단어가 내뱉어지고 나서야 그녀는 궁금증이 해소된 것 같았다. 대화를 마치고 일어서는데 그녀가 장례부조금 봉투를 내밀었다. 진정되지 않은 마음을 다독이며 나는 그녀와의 결별을 다짐했다. 죽음이라는 허망한 헤어짐, 헛헛한 나를 토닥이기보다 고통스러웠던 내 과거가 더 궁금한 그녀와 다시 마주치고 싶지 않았다.

상대의 아픔을 함부로 묻지 마시라. 먼저 이야기하지 않는다면 궁금해 하지도 말아야 한다.

"친구 따라 갔던 교회의 목사님이 제가 밖에 못 나가고 있으면 집 앞에 와서 '잘 계시냐?'며 안부 인사를 해주려고 오셨어요. 그리고 제 아픔에 관해서는 묻지 않고 '괜찮아, 거기 있어.'라면서 같이 기도하고 같이 찬송하자, 그러셨어요."

은둔형 외톨이였던 모카를 있는 그대로 받아주고
인정해주는 사람들이 있었던 교회,
그런 따뜻한 공동체가 필요하다.

은둔하기 전과 후의
나는…

"인간은 본질적으로 혼자 살 수 없다고 이야기를
하는데 어떤 기간 동안 홀로 지낸다고 할지라도 결
국에는 사람들과 섞여 지내는 것이 좋다고 하는 그
런 결론, 그런 전제 안에서 이야기를 계속 나누게
되는 것 같아요. 모카 님은 은둔을 경험하기 전과
후를 비교했을 때 어떻게 달라졌나요?"

"저는 공황장애가 온 다음에 은둔이 오게 되었어
요. 은둔했을 때는 완전히 우울했어요. 나는 존재
가치가 없는 것 같고, 아무 것도 아닌 것 같았어요.
히키코모리라는 병명이 있는 것도 아니고, 내가 정
말 (세상 사람들과는) 이질적으로 보이고 내가 경
험해왔던 모든 것들이 쓰레기로 보이는 거예요. 일
본어를 잘하면 얼마나 잘하겠어? 방 안에 있는데

어차피 다 쓰레기고 종이 쪼가리지. 방 안에 있는
데 누가 봐? 다 쓸모없지. 내 존재가치가 바닥에 떨
어져 있는 것 같은 힘든 시기였어요."

"은둔하고 난 후에는 사람들의 이야기에 '귀를 기
울이려고 한다'라는 점이 가장 크게 달라진 것 같아
요. 은둔하기 전에는 조종이 심했어요. 내가 말하
는 게 곧 정의였어요. 사람들이 말하는 것은 들으
려고 하지 않았어요. 왜냐면 제가 말하는 게 맞다
고 생각했거든요. 하지만 은둔하고 난 후에는 사람
들의 이야기에 귀를 기울일 필요가 있겠구나, 다양
한 개성이 있는 사람들로부터 배울 수 있는 게 뭐가
있을까 하는 생각을 하게 되었어요. 사람들 한 명
한 명에 초점을 맞추게 된 것 같아요. 내가 잘 들어
줘야 그 사람들도 내 이야기를 잘 들어줄 거라고 생
각한 거죠. 그렇게 하니까 제가 살아있다는 느낌이
들더라고요. 연결되었다는 느낌이었어요."

뭔가 제대로 시작하기도 전에 주변 사람들이 거는 무
리한 기대에 지쳐버린 모카가 연결과 소통을 이야기
했다. 아이러니했다. 모카는 은둔의 경험을 기점으

로 사람들과 연결되는 것, 한 사람 한 사람에게 귀를
기울이는 소통이 우리의 삶에 얼마나 중요한 요소인
지 직접 몸으로 배우고 경험한 것 같았다.

> "은둔 생활이 정점에 있고 힘들었던 그 시기의 나
> 에게 지금의 내가 해주고 싶은 이야기가 있다면 무
> 엇일까요?"

> "그렇게 열심히 살지 않아도 돼, 열심히 하지 마,
> 괜찮아, 진짜 아무 것도 안 하고 그냥 있어도 괜찮
> 아, 지금 네가 방 안에서 보고 듣고 느끼는 모든 것
> 들이 나중에는 너의 스펙이 될 거야. 그로 인해서
> 다른 어떤 사람들에게도 귀를 기울여 줄 수 있는 열
> 린 마음을 갖게 될 거야. 그러니까 열심히 하지 않
> 아도 괜찮아, '방 안에 있어도 괜찮아. 한마디로 '괜
> 찮다'라는 말이요. 그 말을 그 때의 저에게 꼭 해주
> 고 싶어요."

'괜찮다'

그 이야기는 인터뷰를 하는 나에게도 위로로 들렸

다. 한참 바쁘게 직장 생활하며 일한 나에게도 정적이 흐르는 일상이 찾아오기도 했고, 때로는 이런 느린 템포로 살아도 괜찮은지 스스로 질문하는 나에게 해주는 대답 같았다. 누구에게나 그럴 것 같다. 바쁘게 사는 사람이든, 홀로 지내는 사람이든, 지치고 힘든 사람이든 '괜찮다'는 위로가 되고 힘이 날 것 같았다.

"제가 못 살 것 같아서 극단적인 선택을 한 적이 있어요. 열심히 살아보려고 너무 무리했었거든요. 세상 사람들의 시선과 기대에 맞추어 나도 밖에 나가야겠다고 생각했던 적이 있어요. 그때의 나에게 이야기해주고 싶어요. 괜찮아, 방에 있어도 괜찮아. 억지로 노력하지 않아도 괜찮아."

괜찮아

힘들었던 시기의 모카에게 지금의 모카가
해주고 싶은 말이 있다면 무엇이냐고 묻자, 모카는
'괜찮아'라고 했다.

"모카 님은 은둔에서 벗어났다고 생각하시나요? 그렇다면 그 계기가 무엇이었나요?"

"은둔을 완전히 벗어나는 게 힘든 것 같아요. 저는 지금 외출도 하고 사회생활도 잘하지만 항상 마음 속에 두려움이 있어요. 내가 사회생활을 하면서 사람들이 주는 상처에 대해서 잘 견딜 만한 마음이 있을까 할 때가 있어요. 그래서 저는 제가 먼저 오픈하는 편이예요. '나는 은둔형 외톨이였다'고요. 사실 완전히 벗어나지는 못했고, 노력하는 중이에요. 그리고 제가 커뮤니티에 속해 있다고 느낄 때는 세상 사람들이 저에게 귀를 기울여줄 때예요. 제가 방안에서 이런저런 세계와 다양한 문화를 접하고 세상 밖을 보려고 했던 노력에 가치가 매겨지고, 저라는 존재 자체에 대해 가치가 매겨질 때 조금은 은둔에서 벗어났다고 느끼게 되는 것 같아요."

"다시 은둔하게 된다면 그때는 어떻게 하겠어요?"

"소통하려고 할 것 같아요. 전보다 더 적극적으로 제 상태에 대해서도 이야기할 것 같아요. 주도적으로 관계를 맺으려고 노력할 것 같아요."

"모카 님은 다른 은둔 청년들을 돕고 싶은 마음도 있고, 관련된 활동도 많이 하는데, 그들을 도우려면 어떻게 하면 좋을까요?"

"한 명 한 명 이야기를 들어주고 그들의 상태를 좀 더 자세히 마주하는 게 우선이라고 생각해요. 방 안에 있고 싶은 사람이면 그대로 지켜봐 주고 상처가 아무는 시간을 주어야 해요. 방 안에 있어도 괜찮다고 말해주어야 해요. 은둔이 나쁜 것만은 아니라고 말해주었으면 좋겠어요. 상처가 아물어야죠. 그런 시간이 필요한 때도 있다고 생각해요. 우리는 그냥 지켜봐 주면 되요. 세상 밖으로 나오고 싶어 하시는 분들은 그분들이 자기의 존재가치를 이 세상 밖에서 스스로 찾을 수 있도록 도와주면 될 것 같아요. 분명 한 사람 한 사람 뛰어난 게 있을 거예요. 저는 평범한 사람은 없다고 생각해요.

 우리가 할 수 있는 일은 그분들의 존재가치를 같이 찾는 일이죠. 자신이 방 안에서 보냈던 시간이 타인에게 인정받을 만한 가치라고 느낄 수 있도록 하는 거죠. 관심을 가지고 그 사람의 이야기를 들어주는 것이 필요해요. 시간이 많이 필요할 거예요."

모니터로 들여다본
또 다른 세상

"요즘은 어떻게 지내세요?"

"얼마 전부터 성북구 모 재단에서 지역의 활동가들과 만나는 일을 하고 있어요. 성북구 지역 축제에서 노래하는 분들을 보게 되었는데 일본에서 밴드하던 생각도 났어요. 예전에 말할 곳도 없고 혼자서 삭히기만 했을 때, 그때 유일하게 내 목소리를 낼 수 있었던 것이 락(Rock) 음악이었어요. 최근에는 유명한 락 밴드의 보컬 가수에게 레슨을 받고 있어요. 저 스스로를 위해 의미있는 일을 하게 되었다고 생각해요. 저, 좀 잘 살고 있는 것 같아요."

모카는 좋아 보였다. 은둔하던 시절의 모카를 한 번도 만나 본 적은 없지만, 모카의 자기 고백으로만 보아도 지금의 모카는 확실히 좋아 보였다. 모카는 은둔하던 예전의 자기 모습이 꼴보기 싫지만 받아들여야 한다는 걸 알고 있었다. 과거의 자신을 받아들이지 못하고 부정하기만 하는 것은 어리석은 일이라는 것도 알고 있었다. 그는 은둔의 경험에서 배울 점이 있다고 했다. 누군가는 손가락질하거나 전혀 공감하지 않는 은둔의 시간을 통해 분명 배우고 깨달아야 한다고 스스로 채근했는지도 모르겠다. 그저 의미없이 흘려보낸 시간이 아니라는 것을 스스로 증명해야 했다. 은둔하던 당시에 시간을 낭비하고 있는 쓸모없는 존재라고 스스로를 자책하며 힘들어했던 모카는, 그 시간을 멀리 떠나보내며 생각을 달리 하게 됐다. 되돌아보면 그 시간은 자신에게 꼭 필요했던 시간이었다고, 그때는 죽을 만큼 아팠지만, 지나고나서 생각해보니 세상 밖으로 나올 때 조금 더 멀리 뛰기 위한 발판이 되었다고 고백했다.

"방 안에 있었던 시간이 그냥 허투루 지난 것이 아니었어요. 세상과 격리되어 있었지만, 세상을 알아가는 시기이기도 했어요. 갇혀 지냈지만, 마냥 갇혀있는 것은 아니었죠."

많은 은둔형 외톨이들이 그렇듯 모카도 모니터 속으로 도피했다. 그러나 그 안에서 새로운 세계를 만났다. 모니터 안에서는 은둔하지 않았다. 영화도 보고 음악도 듣고 세계를 유랑하며 여행도 했다. 사람들도 만나며 때로는 자신의 아픔을 털어놓기도 하고 때로는 즐거운 취미생활을 공유하기도 했다. 막막한 현실의 벽, 관계의 어려움과 상처, 아픔과 자기혐오로 막혀있던 세상이 작은 모니터 속에서 다시 연결되었다.

은둔형 외톨이는 사람들도 만나지 않고 생산적인 일도 하지 않고, 종일 방 안에서 컴퓨터 게임만 하는 사람들로 쉽게 오해한다. 그러나 세상을 향해 굳게 닫힌 문 뒤로 또 다른 문이 있다면 문고리를 잡고 열어보는 것이 마땅하지 않겠는가? 그렇게라도 세상을 알아가고 사람들이 살아가는 모습을 지켜보며 손과 발, 눈맞춤과 대화로 연결되고 소통할 수 있는 날을 기대할 수 있었다는 게 안심이었다.

　모카는 인터넷과 컴퓨터를 세상과 연결되는 고리로 삼았지만, 단지 연결되는 것만으로는 부족하다고 여겼다. 은둔하는 동안 온라인을 통해 쌓아놓은 여러 경험들이 이들의 스펙이 되고 누군가에게 도움이 되는 전문성으로 발전하기를 바랐다. 소위 덕후처럼 빠지며 들었던 락 음악, 섭렵하듯 빠짐없이 반복하며 보았던 미국 애니메이션, 이 모든 경험이 쓸모있는 것이 되어야 한다고 수도 없이 말했다. 자신이 좋아하는 분야를 이야기할 때 누구보다도 자신있게 그것을 소개하고 설명할 수 있는 이들을 보며 은둔도 스펙이 될 수 있겠구나 생각했다. 은둔의 경험 자체를 자신의 방 밖으로 나올 수 있는 자양분으로 삼고 필요하고 의미있는 시간으로 만들어야 한다고, 주장하듯 이야기하는 모카는 벌써 활동가다웠다.

무엇보다 은둔했던 당사자 본인의 노력이 필요하다. 방 안에 있었던 시간이 단순히 소모된 시간이 아니라, 그 조차도 소중했던 시간이었다고 여기고 그 시간을 앞으로 나아가는 자기 발판으로 삼기 위해서는 누구보다도 스스로 노력해야 한다. 그리고 당사자의 노력과 함께 그 노력을 펼칠 수 있도록 장을 마련해주는 사회의 너른 품이 필요하다. 그들이 자기의 은둔 경험을 무턱대고 쓸모없는 것으로 치부하지 않고 소통의 장을 만들어 스스로를 존귀하게 여

길 수 있도록 그들의 이야기를 들어주는 시간과 기회
가 필요한 것이다. 그것부터가 이들이 방안에서 나
와 사회와 세상 속으로 들어가 섞여 살 수 있는 시작
점이 될 수 있다. 그런 의미에서 사단법인 씨즈의 '삼
삼오오'[1], 사람책도서관[2] 두두학당[3]와 같은 여러 자
조모임과 활동지원도 좋은 계기가 될 것이다. 이 외
에도 사단법인 푸른고래리커버리센터나 당사자 조직
인 안무서운회사에서도 다양한 교류활동과 일상회복
을 위한 지원사업을 운영하고 있어 이 또한 관심있게
지켜봐야 할 것이다.

"은둔, 그 자체만이 아니라, 그 때의 시간과 경험을
의미있게 사고 싶은 거죠?"

"맞아요. 그리고 그것을 다른 분들도 알아주시기
원했고요."

---

1) 고립 은둔 청년들이 삼삼오오 모여 원하는 활동을 할 수 있도록 활동비를 지원
   하는 자조모임.
2) 발표자가 책이 되어 자신의 경험을 나누고, 그 사람책에 관심있는 시민이 독자
   가 되어 사람책을 대화로 읽는 시간을 제공하는 온라인 활동.
3) 몸과 마음의 돌봄, 세계관 - 스토리텔링, 치유적 글쓰기 등 다양한 역량 강화
   활동을 통해 고립·은둔 청년의 회복과 자립을 지원하는 사업.

모카는 인터뷰를 시작하고 얼마 안 되어 성북구에 있는 재단에서 일을 하게 되었다고 했다. 재단 안에서 커뮤니티를 만들고 활동가들과 대화를 나누면서 소통하고 지역을 더 발전시키고자 일하는 활동가들을 돕는 것이 그의 역할이었다. K2나 씨즈와 같은 은둔형 외톨이들을 위한 지원기관에서 해오던 일들에 참여자로, 활동 보조로 함께 하면서 훗날 어엿한 활동가로 성장할 수 있기를 기대하는 눈치가 역력했다. 활동가 모카가 문화예술을 통해 지역의 은둔 경험 청년들과 소통하고 덕후적 기질을 살려 그야말로 은둔고수들이 마련한 공연과 축제를 열게 되는 날이 머지않아 올 것 같은 기분 좋은 상상과 기대를 해본다.

은둔형 외톨이는
사회적 약자인가?

"우리나라의 은둔형 외톨이 지원단체나 그들의 활
동은 어떤가요?"

"제가 보기에 봉사단체라는 이미지가 강해요. 왠지
환자를 도와준다는 느낌이 들어요."

모카는 이 사회가 은둔형 외톨이를 예비 범죄자, 언
제든 실수할 것 같고 안정감 없이 위험한 줄타기를
하고 있는 사람으로 보는 것 같다고 지적했다. 방 안
에 있었던 은둔형 외톨이였지만 자기만의 회복의 시
간을 갖고 본인이 좋아하는 문화예술을 제대로 즐기
며 시간을 보낸, 모카 본인과 같은 사람들도 분명히
있는데, 무조건 패배자나 예비 범죄자처럼 어둡고
무겁게만 보는 시선이 있다고 안타까워했다. 그래서

한 명 한 명 이들의 이야기를 들어주는 사회의 관심이 필요하다고 인터뷰 내내 여러 번 어필했다. 누구도 이들이 하고 싶어 하는 이야기에는 관심 갖지 않고 고립과 은둔이라는 드러난 현상만 보고 이들의 세상과 선을 긋고 이들을 부정적으로 단정지으려 한다. 이런 사람들의 편견은 은둔형 외톨이가 사회로 나오는데 큰 장애물이 된다고 느꼈던 것 같았다.

사회의 시선이 이렇다 보니 은둔형 외톨이라고 하면 도와주어야 하고 구해주어야 하는 대상이라고 여기는 것도 당연지사다. 모카 역시 은둔형 외톨이들이 연약한 존재라고 취급받는 것이 당연한 것이 아님에도 불구하고 일방적으로 사회적 약자 취급하는 것이 문제라고 했다. 중증의 은둔형 외톨이들이 이들을 대표하는 것으로 보여서다. 또는 은둔형 외톨이라는 사람들이 지금껏 이 사회에 드러나지 않았기 때문이다. 가장 가까운 가족들 안에서도 문제나 골칫덩어리 취급받으면서 쉬쉬하며 숨겨져 있었던 것이 보통의 경우이다. 가족 중심의 사회인 한국에서는 특히나 그랬을 것이다.

은둔형 외톨이에 대한 인식 부재와 심리적으로나 사

회적으로 단절되고 고립된 상태에 대해 원인이 무엇인지 찾으려 하기보다는 그저 은둔하는 사람, 당사자의 문제라고 여기는 인식에서는 문제 해결의 실마리를 찾기 어렵다.

"방 안에 있는 세계도 인정받을 수 있고 스펙이 될수 있다고 생각하는데, 무조건 약자 취급하면 자존감이 더 떨어지는 것 같아요."

"나는 도움을 받아야 하는 입장이구나, 당사자로서그렇게 받아들이게 되는 것에 불편함이 있었군요."

모카는 은둔형 외톨이를 사회적 약자로 보는 것은 맞지 않다고 했다. 누군가 이들을 사회적 약자로 부르고 그렇게 분류했는지는 모르지만, 은둔형 외톨이가집 밖으로 나가고 사회의 일원으로 잘 섞이고 잘 자리 잡도록 돕는 것이 그들에게도 필요한 부분이라는것은 외면할 수 없는 사실이다. 그렇지만 은둔형 외톨이를 단순히 게으른 사람, 집에서 컴퓨터만 하며노는 사람, 삶에 대한 의지나 미래에 대한 계획 없이 시간만 보내고 밥만 축내는 사람 정도로 취급한다면, 이들을 사회적 약자로 보고 도와주려고 해서가 문제라기보다는 부족하고 불충분한 사람으로 보는 불평등하고 편견의 인식이 더 큰 문제가 되는 것이다.

> "은둔형 외톨이가 방 밖으로 나오지 못하는 이유가 분명히 있다고 생각해요. 그 이유와 원인을 찾기 위해서, 방 밖으로 나오고 사람들과 소통하고 사회적 활동을 하고 싶어하는 분들을 위해서는 도움이나 기회가 필요하고요. '도움'이라는 말이 불편하다고 했지만 어떤 측면에서는 '도움'이 필요하기도 하지 않을까요? 중요한 건 그들을 도우려고 하는 사람들의 태도가 아닐까 싶은데, 우리에게 무엇이 필요할까요?"

> "음, 어떻게 하면 좋을지 저도 잘 모르겠어요. 하……. 우선 '은둔형 외톨이'라는 말 자체가 맘에 들지 않아요. 다른 게 없을까요?"

그는 인터넷 커뮤니티에서 어느 댓글을 보고 큰 충격을 받았다. 댓글 중에 '야, 이 히키코모리 새끼야!'라고 시작하는 글을 보고 나서였다. 히키코모리, 은둔형 외톨이라고 하면 사고나 범죄를 저지를 만한 사람이나 마음이 아픈 약한 사람으로만 보는 사회의 시선이 부당하게 느껴졌다.

순간 편부·편모 가족이라고 지칭했던 가족의 형태를 '한부모 가족'이라고 바꾸어 부르기 시작했던 것이 생각났다. 1950년 6.25 전쟁 이후 남편을 잃고 혼자된 여성들이 늘어나면서 구호대책으로 모자가정을 지원하기 시작, 1960년대에는 산업화, 도시화, 핵가족화 등 사회변화와 함께 모·부자 가정이 점차 늘어났고 생활보호법이나 아동복지법 등에서 이들에 대한 지원을 이어갔다. 그러나 모·부자 가정에 대한 법적 지원체계가 만들어진 것은 88서울올림픽이 끝난 1989년이 되어서야 가능했다(모자복지법). 2002년에 모·부자복지법으로 명칭이 변경, 2007년이 되어서야 한부모가족지원법으로 개정되었다. 결국 오랫동안 사용하던 편부·편모 가정이라는 용어는 2007년 법 개정 이후에서야 한부모 가정으로 바꾸어 부르게 되었다. 편부·편모 가정에서의 '편'이 '치우칠 편(偏)'을 사용하고 있어서 뭔가 부족하고 부정적인 느낌을 준다고 하여 제기된 문제 인식이 보다 중립적인 어감을 주는 '한부모 가정'으로 바뀌고 사용자들이 용어를 편하게 받아들이기까지는 법 개정 이후에도 몇 년은 지나야 가능했다. 2007년은 내가 사회복지사로 일하기 시작하던 해였는데 '편부·편모 가정'이라는 단어는, 이후 적어도 4, 5년동안은 사회복지 현장에서도 심심치 않게 들리고 사용하던 용어였다. 대중들의 인식이 변하고 자연스럽게 사용하고 자리잡히기까지는 그보다 더 걸렸을 것이다. 명칭과 용어의 변경이 간단한 것 같아도 결코 간단하지 않은 문제라는 것을 알 수 있다.

한국에서 은둔형 외톨이라는 용어는 2000년대 초반부터 사용하기 시작했다. 당시 은둔형 외톨이에 대해 이렇다 할 개념 정의는 없었다. 2002년 모 일간지에서는 '은둔형 외톨이는 획일적 교육, 권위적 가족 관계 등으로 스스로 왕따를 자청하는 것이며 주로 등교 거부를 통해 증세가 시작된다.'고 소개했다. 원인 분석에 대해서도 면밀하지 않을뿐더러 '스스로 왕따를 자청하는 것'이라는 표현에는 경악을 금치 못했다. 현재는 지방자치단체의 조례를 통한 정의가 가장 공식적이라고 할 수 있다. 광주광역시는 가장 최초로 지원조례가 제정되었는데, 지원조례 제2조(정의)에서는 '은둔형 외톨이'란, 사회·경제·문화적으로 다양한 사유가 복합적으로 작용하여 일정 기간 이상을 자신만의 한정된 공간에서 외부와 단절된 상태로 생활하여 정상적인 사회 활동이 현저히 곤란한 사람이라고 정의하고 있다.

'은둔형 외톨이'라는 용어는 일본의 '히키코모리(引き籠もり)'라는 단어에서 시작되어 한국에서도 일본어를 그대로 사용하여 '히키코모리', '히키'라고 하기도 하고 일본어의 의미를 직역해 은둔형 외톨이로, 다시 은둔형 외톨이를 줄여서 은톨이, 외톨이라고 부르기도 한다. 일본어 히키코모리(引き籠もり)는 '틀어박히다'(引きこもる)라는 동사의 명사형인 히키코모리에서 유래했다. 원래의 뜻대로 라면 '틀어박힌 사람'이라는 뜻이다. '히키코모리'라는 용어는 고도의 경제성장을 이루었던 1970년대 일본의 등교 거부 현상에서부터 시작되었는데 경제 침체기였던 1990년대에 더욱 확산되었다. 10대 중·후반의 학생들과 20대 청년들에게서 시작되었던 은둔 현상은 점차 중·

장년층으로 확산되었고 은둔의 기간이 장기화되면서 이른바 '8050' 문제가 대두되기도 했다. 90년대 중반 취업 빙하기를 겪게 된 일본 사회에 히키코모리가 급증하게 되면서 당시 20대에 시작된 히키코모리 생활이 30년이 지난 지금까지도 이어지고 있다고 해서 80대 부모가 50대 중년의 히키코모리 자녀를 돌보는 사회문제를 일컫는 것이다. 도쿄의 지역포괄 지원센터에서는 이런 현상을 빗대어 고령 부모의 지원에 숨어있는 '중년의 어린이'가 많다고 표현하기도 했다.[4] 일본 내각부의 2019년 통계에 따르면 일본의 히키코모리는 40대 이상이 61만 명, 10대에서 30대까지 합하면 100만 명 이상이라고 한다. 그 이상의 연령대까지 하면 규모는 더 커질 수 있다. 한국에서도 서울에만 13만 명(2022년 서울시의 '고립은둔청년 실태조사')의 은둔형 외톨이가 있고, 전국적으로는 37만 명(2020년, 한국청소년정책연구원의 '청년 사회·경제실태 및 정책방안 연구')의 규모로 추산하고 있다. 은둔이 장기화되고 2, 30대 청년층에서 점차 장년층으로, 연령대가 확대되고 있는 양상도 일본의 모습을 그대

---

4) KBS 특파원 리포트(2019. 4. 3.), 나이 먹은 '히키코모리' 61만 명… 일본의 시한폭탄 되나?

로 따르고 있다.

　일본어의 히키코모리를 우리말로 '은둔형 외톨이'라고 바꿔 부르게 되면서 은둔과 고립된 생활 그 자체에만 집중된 느낌이 크지만, 이미 20여 년을 불러온 용어를 대체할 다른 것을 찾기가 어려운 것도 사실이다. 그러나, 은둔을 현상과 문제적인 측면에서만이 아닌 경험적 측면에서 그 가치를 측정하고 인정해준다면 외부와 단절된 상태가 지속되어 정상적인 생활이 어렵다는 것만을 강조하는 '은둔형 외톨이'보다는 '은둔 당사자'와 '은둔 경험자'로 바꿔보는 것도 방법이지 않을까 싶다. 경험자라고 하면 현재 겪고 있거나 겪어본 적이 있는 사람을 일컫고 '암 경험자'라고 하면 암을 진단받고 살아가는 사람들을 지칭하는 것이기 때문에, '은둔형 외톨이'라는 말보다는 은둔을 경험했거나 현재도 은둔하고 있는 사람을 모두 가리킬 수 있는 말이 된다. '재난 경험자'라고 했을 때도, 1차적으로는 재난의 피해자(당사자)를 가리키고 2차적으로는 당사자의 가족, 친·인척, 지인 등을 가리키는데 이 둘을 합쳐 재난 경험자라고 일컫는다. 우리나라 전국에 추정되는 은둔형 외톨이의 인구를 37만명으로 추정하면 이들의 가족과 지인 등 가까이에서 이들을 돌보고 생계를 책임지는 가족들까지 하면 족히 배가 넘는 사람들이 은둔 경험자의 테두리에 들어갈 수 있는 것이다. 그렇게 되면 은둔과 고립의 문제에 관련된 이들의 규모가 적지 않고, 이것은 개인과 가정의 문제를 넘어서 폭넓은 사회적 지원체계가 필요한 것임을 반증하는 중요한 데이터가 될 수 있을 것이다.

모카와의 인터뷰를 통해 나는 15년 가까이 활동해온 활동가이자 사회복지사로서, 여러 단체에서 펼치고 있는 지원사업과 활동에 대해 당사자의 입장을 좀 더 생각할 수 있게 되었다. 그동안 당사자 중심에서 생각하고 일하려고 노력했지만, 당사자의 입장에서는 과연 어땠을까 생각해보게 되었다. '나는 도움을 받는 존재다, 난 너무 약하다, 누군가에게 도움을 받아야 살 수 있다.'고 하는 수동적인 인식에서 당사자들이 벗어나고, 그들이 자기 삶의 주체로서 설 수 있도록 하려면 어떻게 해야 할까 고민도 들었다. 어떻게 하면 은둔형 외톨이들이 이 사회에 친화적이고 긍정적인 존재가 될 수 있다는 인식을 갖게 할 수 있을까? 은둔형 외톨이와 관련된 문제는 가족의 치부로 여기는 사회적 인식 때문에 그동안 숨겨져 있었고 본격적으로 이슈화된 것도 오래되지 않았기 때문에 아직은 갈 길이 멀어 보인다. 그러나 코로나라고 하는 아무도 예상하지 못했던 전 세계적인 고립과 단절의 시대를 경험하며, 우리는 고립과 단절, 외로움에 대한 문제에 떠밀려왔고 정면으로 맞닥뜨리게 되었다.

"은둔형 외톨이가 사회적 약자라는 인식은 누가 처음 갖게 되는지 생각해보면, 당사자의 가족들이 아닐까 싶어요. 어디 내놔도 부끄러운 자식들, 구해줘야 하는 딸, 꺼내줘야 하는 아들로 여기는 그런 생각 말이예요."

사회적 약자라는 인식을 불편해하고 싫은 내색을 적극적으로 내보이는 모카를 보며, 한편으로는 공감이 되었지만 무조건 동의할 수만은 없었다. 내가 은둔형 외톨이의 가족이라고 생각해보니 머릿속이 복잡해졌다. 가족 중 누군가 은둔하고 있다면 과연 조바심이 나지 않고 여유있고 편하게 기다려줄 수 있을지

장담할 수 없었다. 언제까지 계속 저 상태로 머물러 있을까 걱정되는 마음과, 은둔의 상황에서 빨리 벗어나게 해주고 싶은 마음 때문에라도 조바심이 나지 않을까 싶었다. 모카는 불편하게 생각했지만 가족이든 외부인이든 누군가의 도움도 필요할 것이라고 생각했다. 내가 아는 가족의 '본 모습'을 빨리 되찾게 하고 싶은 기대감을 벗어버릴 수는 없을 것 같았다.

그렇게 은둔형 외톨이의 가족 구성원의 한 사람으로 감정이입한 사이에, 모카는 은둔형 외톨이를 사회적 약자가 아니라 언제든지 발돋움할 수 있는 존재로 바라봐주면 좋겠다는 당부를 다시 한번 잊지 않았다. 정신이 번쩍 들었다.

은둔의 시간을
기다려준 엄마

"은둔의 출구가 보이지 않으니까, 정말 두려운 사람은 부모님이었을 거에요."

모카도 어렸을 때는 잘 웃고 밖에 나가 친구들과 잘 노는 평범한 아이였다. 자녀가 은둔하게 되면서 너무 힘들어하는 것을 보며 부모님은 빨리 꺼내주고 싶었다. 이런 상황이 오래 가게 될까봐 괜히 조바심도 났다. 은둔생활을 끝내고 시간이 더 지난 후에야 모카는 부모님의 마음을 이해하게 되었다고 했다.

모카는 은둔의 어려움을 겪고 있는 은둔형 외톨이 당사자와 가족들을 지원하고 있는 <안무서운회사>에서 당사자의 부모님들을 두 차례 만날 기회가 있었는데 그 전에 가지고 있던 은둔형 외톨이 당사자의 부모님에 대한 부정적인 생각이 많이 바뀌었다고 했다. 은둔의 이유가 아무리 가지각색이라 할지라도, 대개는 자녀들이 은둔하기까지의 배경이나 은둔하는 과정에서 부모와의 갈등은 무시할 수 없는 비중을 차지 하기 때문이다.

"당사자들의 부모님들을 만났을 때 어땠나요?"

"처음에는 벽을 치고 갔어요. 무슨 이야기를 해도 듣지 않으실 것 같았거든요. 그런데 달랐어요. 이야기를 귀담아 들어주시려고 하는 모습이 눈에 보였어요. 메모하시기도 하고 녹음하시기도 하면서요."

모카는 본인이 은둔하던 당시에 어머니가 이렇다 할 압박이나 훈계를 하거나 으름장을 놓는 일도 없었다고 했다. 단 한 번도 방 안에만 있다고 다그치거나 화를 내지도 않았다. 그러나 모카의 어머니라고 태연하기만 했겠나. 아들을 닦달한다고 방 안에 들어간 아들이 밖으로 나올 리 없다는 것을 일찌감치 깨달았을지도 모른다. 아마도 모카는 아버지가 식물인간이 되어 침상에 누워있기 시작한 날부터 가장이라는 무게를 느끼기 시작했는지도 모른다. 아마도 주위의 사람들은 '네가 아버지 대신이다. 앞으로 가장 역할 잘 해야 한다.'라고 알게 모르게 가장의 자리로 모카를 불러들였을지도 모른다. 그렇지만 그것을 감당하기에 모카는 너무 어린 나이였다.

아버지가 돌아가신 후 얼마 되지 않아 떠맡겨진 가장의 자리를 박차고 나가 일본으로 도망치듯 떠났고, 마음의 병을 얻어 다시 한국으로 돌아오게 된 것이다. 원치 않게 주어진 큰 책임감을 피하려고 떠났을 뿐인데, 다른 아픔까지 얻고 돌아온 아들에게 무슨 말로 윽박지를 수 있었겠나. 왜 애처롭지 않았겠나. 아들을 대신해 가장의 자리에 들어앉은 엄마이기에, 그 삶의 무게와 책임감을 알기에 모카를 좀 더 이해할 수 있었을 것이다. 왜 아들이 떠났는지, 그리고 아픈 마음으로 다시 돌아오는 길이 얼마나 길고 멀게 느껴졌을지, 다른 사람은 몰라도 엄마는 알았을 것이다.

"제가 은둔하고 있을 때, 엄마는 제 앞에서는 별 얘기도 안하고 신경도 쓰지 않으셨어요. 그런 줄로만 알았어요. 그런데 뒤에서는 그 부모님들처럼 하셨을 것 같았어요. 그걸 제 나이 서른 둘, 지금에서야 알았어요."

서른이 넘은 아들은 긴 시간 아들의 침묵을 묵묵히 기다려준 엄마에게 보고싶다고 고백했다. 평소 모자지간에 자주 하던 애정표현이었지만, 아들을 향한 엄마의 긴 인내심과 눈에 보이지 않았던 수많은 노력과 눈물이 다른 부모들을 보며 오버랩되었고 그의 눈에는 눈물이 핑 돌았다.

"부모님들이 참 대단하다고 느꼈어요. 전문가가 되려고 노력하세요. 은둔하는 자식을 위해 모든 것을 다 걸고 희생하시는 모습을 보며 놀랐어요. 그렇지만 집에 돌아가면 당장 가족의 아픈 모습을 보기 힘드실 것 같아요. 배운대로 적용한다는 것이 절대 쉽지 않을 거예요."

은둔하는 자녀의 아픈 모습을 보면서 내가 어떻게 해야 하는지 고민하는 부모는 조바심내며 잔소리하고 화를 내는 대신에 은둔의 이유를 살피고 자식의 아품을 싸매주고 상처를 달래줄 수 있는 전문가라도 될 요량으로 배우고 익히고 애써야 하지 않을까 싶다.

그리고 은둔형 외톨이를 지원하는 많은 비영리 단체와 기업가들은 어떤 시각과 자세로 그들을 대해야 할지도 생각해보게 되었다. 은둔과 고립이라는 당장의 문제를 해결하기에만 급급해서 그들을 약자로 칭하며 대상화시켜서는 안된다. 예산을 많이 쓰고 일자리를 늘리는 것으로만 쉬이 해결될 문제도 아니다. 은둔형 외톨이 당사자를 해결의 실마리를 가지고 있는 주체로 이해하고 그들의 은둔을 쓸모없는 부정적인 것으로 치부하지 않는 것에서부터 시작해야 그들에게 좀 더 가까이 다가가고 변화의 물꼬를 틀 수 있다.

"제가 방 안에서 나름대로 시간을 보내고 있다고 생각하셨던 것 같아요. 아들, 오늘 무슨 영화 봤어?, 아들, 뭐 시켜줄까?, 아들, 집에 밥 해 놓을까?, 이런 이야기만 하셨어요. 밖에 나가봐라, 친구들이라도 좀 만나라는 등 떠미는 소리는 일절 안하셨어요. 아마도 엄마는 제가 방 안에만 머물러 있는 것이 쉬어야 하는 시간, 상처에서 회복되는 시간이라는 것을 저보다 먼저 알고 계셨던 것 같아요."

우리는 내 이야기를 들어줄
친구 한 명이 절실한 시대에 살고 있다.

SBS 곰손카페에
출연하다

"곰손카페 방송 잘 봤어요. 출연자들이 참 용기 있더라고요. 모르는 사람들 앞에서 얼굴까지 공개하면서 자기 이야기를 하는 게 쉬운 일이 아니잖아요. 어땠어요?"

"처음에는 긴장했는데 방송 출연에 후회는 없어요. 댓글을 못 보고 있다가, 아는 사람이 권해서 봤는데 댓글이 너무 좋더라고요. 다행이다 싶었어요."

"힘이 되었을 것 같아요. 응원하는 글이 많아서 다행이라고 생각했어요."

"진짜 다행인 것 같아요. 그렇게 봐 주셔서……."

'다행이다'를 반복해서 주고받다 보니, 프로그램 방영을 앞두고 우리에게 고민과 걱정이 있었다는 것을 알게 되었다.

> '은둔과 고립은 지극히 개인적인 문제일 뿐이고 정신적으로 연약한 사람이기 때문이라고, 누구나 힘든 일을 겪을 수 있지만 누구나 은둔하지는 않는다고.'

닉네임에 가려 자신을 숨긴 사람들의 모질고 거친 대꾸에 무시가 안 될 것 같았다.

모카가 출연한 SBS의 <곰손카페>는 다양한 이유로 은둔하게 된 청년 은둔 경력자들의 목소리를 직접 듣고, 그들에게 필요한 일의 경험을 제공하기 위해 기획 됐다. 카페를 통해 이들의 사회 적응과 회복을 돕고자 만든 프로그램이었다. 손님에게 비대면으로 주문을 받고 손바닥만한 창문으로 곰손을 내밀어 음료를 서빙하는, 타인과의 제한된 접촉을 통해 사회에 첫 발을 내딛는 은둔 경력자들이 무리하지 않고 단계적으로 나갈 수 있도록 돕는 특별한 카페다. 은둔 경력자, 은둔형 외톨이가 긴 은둔을 깨고 조심스럽지만 용기있게 사회에 첫 발을 내딛는 것을 상징적으로 표현한 것이 곰손이어서 이름이 '곰손카페'가 되었다.

곰손카페는 중국 상해의 히니치조우(HINICHIJOU)와 일본 오사카의 쿠마노테 카페(クマの手カフェ)로 먼저 출발했다. 히니치조우는 바리스타 교육을 받은 청각 장애인들이 운영하는 카페이고, 쿠마노테는 히키코모리, 우울증 등으로 고통받은 사람들이 상처 입은 마음을 재활하는 장소이자 사회복귀의 발판으로 삼는 카페이다. 두 곳 모두 작은 창문과 곰손을 매개로 카페 종업원들이 타인과의 교감을 점차 넓혀갈 수 있도록 하고, 관계 맺기를 어려워하는 이들이 안전하게 도전할 수 있는 일자리를 제공하고 있다. 이번 한국판 곰손카페를 여는데 응원이 되었던 경험적 근거이기도 하다. 모카 역시 은둔 경력자의 한 사람으로 자신의 은둔 이야기를 들려주고 다시 세상으로 나가기 위해 서툴지만 한 걸음을 떼는 마음으로 <곰손카페> 프로그램에 출연하기로 결심하고 가족들에게 이야기했지만, 방송을 보고 가족들은 어떻

게 생각하고 받아들일지 걱정도 했다.

"괜찮겠어?"

촬영 후에도 모카 어머니의 걱정은 여전히 남아있었다. 방송을 통해 자식을 '은둔형 외톨이'로 알아보게 될 사람들의 시선과, 그것을 아무렇지 않게 넘기지 못할까 두려운 어머니의 걱정이었다.

모카는 곰손카페에서 일을 하면서 서로를 배려하는 것이 쉽지 않았다고 했다. 서로가 은둔 경력자이다보니 어떻게 조심하고 어떻게 신경 써야 하는지, 익숙하지 않은 관계 맺기에 부단히 조심스러워지고 힘들었다. 오랜만에 타인을 신경 써야 하는 순간이었다.

워낙 내가 중요하고 지금 현재가 중요한 시대에 살고 있기는 하나, 때로는 타인 앞에서 전혀 조심스러워하지도 전혀 배려하지도 않으려 하는 사람들의 익숙한 무례함을 낯설게 느꼈던 나로서는 모카의 힘듦이 십분 이해되었다. 물론, 반기를 드는 사람도 있을 것이다. 누군가를 신경쓰고 맞춰주면서 살기보다는 내가 나를 잘 알고 나를 위해 사는 삶이 더 소중하다고, 이제는 더이상 상대방에 맞춰주고 배려하는 삶이 아닌 나를 위해 사는 삶을 살겠다고 비장하게 선언하려 할지도 모른다. 그 어느 쪽이든 각자의 경험과 삶의 가치대로 살아가겠지만 결국 '나 좋을 것'이 '나만 좋은 것'이 되었을 때 과연 우리는 편안히 '나의 삶'을 살 수 있을까? 오히려 나만 머무는 세계에 외로움까지 불러들이게 되는 격은 아닐까 괜한 우려도 해본다.

온라인 플랫폼에 올라간 방송 영상의 댓글은 두 가지 양상이었다. 하나는 용기 내서 본인을 세상 밖으로 내어놓고 무언가 시도하며 노력하는 모습들을 응원하고 격려하는 것이었다. 또 하나는 곰손카페의 출연자들처럼 은둔의 경험이 있는 사람들이 작성한 것인데 용기있게 자신의 경험을 드러내 준 것에 크게 공감하기도 했고 무척 고마워했다. 이런 부분이 당사자가 직접 자기 이야기를 하는 프로그램의 순기능이자 가장 큰 소득일 것이다. 대중의 편견이나 부정적 인식을 바꿔줄 수도 있고, 한편으로는 비슷한 경험을 한 사람들에게 방송을 통해 '나도 언젠가…'의 용기를 주기 때문이다. 다른 사람을 통해서 내 얘기를 듣게 되었을 때 나의 상황을 좀 더 객관적으로 들여다볼 수 있고 자신을 향한 사람들의 시선을 간접적으로나마 경험하게 해주니 고맙기도 하고 솔직하게 나를 드러내기 전에 위험부담을 줄인 연습이 되기도 했을 것이다.

하* 은둔형 외톨이로 살았고 세상에 잠시 나왔다가 다시 은둔형으로 살아가고 있는데 영상 보니까 많이 울게 되네요. 이런 영상 감사합니다금* 자몽아 안녕~ 너랑 연락이 끊긴 지 10년이 넘었는데 그 기간이 너의 은둔기간이었다는 걸 방송을 통해서야 알았어. 난 너랑 연락하며 지내고 싶어서 그저 아쉽다고만 생각했는데 힘든 시간을 보냈었다니 전혀 몰랐어. 2012년도쯤에 횡단보도 건너다가 우연히 마주쳐서 인사 나눴던 게 마지막이 될줄 몰랐네. 그럴줄 알았으면 네가 건너던 방향으로 돌아와서 이야기를 좀더 나누는 건데, 그때 너의 마음은 그걸 원하지 않았으려나…. 방송 잘봤어. 이렇게 큰 용기를 냈다니 너무 멋있다! 앞으로 행복한 일만 있길 바랄게. 잘지내~~ :)

김선** 출연자분들 정말로 엄청난 용기를 내셨네요. 너무너무 대단하세요! 모두 응원합니다.

Bo** 저도 사람한테 상처받고 한동안 집밖에 나가지 않고 지낸 적이 있었는데 이 프로그램 보면서 너무 많이 와닿아서 눈물이 많이 났어요. 쉽지 않지만 이렇게 용기낸 경험을 생각하면서 앞으로 잘지내셨으면 좋겠어요. 우리 같이 힘내요!

bl******_* 멋있습니다. 당당히 밖으로 나온 여러분이 너무 멋져요. 이번에 내딛은 한 걸음이 계기가 되었으면 좋겠어요. 응원해요!!!!

박** 사랑받는 귀한 딸 예쁜 자몽 씨!♡ 말투에서도 사랑스러움이 가득한 우리 씨!^^ 듬직하고 선한 인상이 멋스러운 민발 씨!♡ 눈빛이 살아있고 미소가 따뜻한 모카 씨!^^ 그대들의 눈부신 청춘과 빛이 날 남은 날들을 마음 모아 응원합니다!

연** 원** 하마터면 울뻔, 공감되고 위로도 되고 그랬네요. 조금 천천히 가더라도 우리 모두 다 살아냅시다 :D

안** 저도 7~8년? 긴 은둔생활 중이라 프로그램 보면서 속으로 '다들 잘하신다. :) 나도 참가하고 싶다….' 웃음도 나고 눈물도 났던… 너무 부러우면서 좋았던…ㅠ

모카와의 인터뷰를 통해 소위 '은둔형 외톨이'라고 하는 고립·은둔 청년들에 대한 사회적인 인식과 부정적 시선을 어떻게 극복하고 헤쳐나갈 수 있을지에 대해서 꽤 깊은 이야기를 나누었다. 나도 인터뷰어로서 사회복지 경험을 되짚어보고 여러 자료들도 찾아보며 이들에 대해 좀 더 이해하고 다가가려고 노력했다. 그런 측면에서 <곰손카페> 방송이 굉장히 좋은 결론을 내지 않았나 싶다. 자기의 경험을 숨기지 않고 용기 내서 드러낼 수 있는 것, 그것이야말로 세상을 향해서 나가는 용기 있는 첫 걸음처럼 보였다.

> "제가 남들보다 좋은 기회를 잡은 건 확실해요. 아직도 방문을 여는 날을 기다리는 분들이 많다는 것을 방송을 통해 알게 되었어요."

프로그램은 마지막 손님의 메모로 끝이 났다.

세상은 오늘도 아름다워요.
봄이 오면 벚꽃이 피고
여름이 오면 세상이 푸르르고
가을이 오면 울긋불긋 옷을 입고
겨울이 오면 새하얗게 되죠.
저도 내일이 무서워요.
그치만, 다음 계절이 궁금해서
더 살 수 있어요.

아이러니한
나의 외로움

"사람들하고 관계를 끊고 혼자서 조용히 지냈을 때 어땠나요? 많이 외로웠나요?"

"저 나름의 시간을 보냈지만 외롭기도 했죠. 왜냐 하면 저는 요즘 흔히 말하는 '사람 좋아하는 ENFP' 인데, 사람들을 만날 수가 없었으니까요."

모카는 사람들을 만나고 자신의 상황과 상태를 나누고 이해를 받고 싶었지만 어디서 연결될 수 있는지, 어떻게 이해받을 수 있는지 몰랐다. 사실 모카의 관계 단절은 자발적이기도 했다. 그럼에도 불구하고 사람들하고 연결되고 싶었다는 모카의 이야기가 처음에는 아이러니하게 들렸다. 그는 자존감이 낮아서였다고 대답했다. 모카는 자신이 어떤 상태인지 알고 있었고 그런 자신을 보는 사람들의 시선을 예상했기 때문에 인간관계가 편할 수 없었다. 사실 고립과 단절보다 더 앞선 것은 사람들과 끊임없이 연결되고 소통하고 싶은 마음이었다. 누군가에게 상처받거나 사람들과의 관계를 유지하기가 힘들었지만, 또 다른 누군가와는 연결되고 싶은 복합적인 상황이 계속되었다. 그런 아이러니한 상황에서 모카는 더욱 외로움을 느꼈다. 그때마다 인터넷 커뮤니티에 글을 쓰며 외로움을 이겨내려고 노력했다. 방 안에 있을 때는 그것 외에는 달리 방법이 없었다.

모카는 그 당시에 누군가 자신에게 다가와 이야기를 나눌 수 있었다면 조금 더 빨리 좋아졌을지도 모른다고 아쉬움을 토로했다. 그렇지만, 사람들과의 관계를 끊고 방 안으로 들어간 사람에게 다가가 말을 걸기도 쉬운 일은 아니다. 은둔하고 있는 사람이나 근처에서 지켜보는 사람이나 서로 쉽지 않은 노력을 해야 한다. 인내심을 가지고 기다려주기, 서로에게 딱 반보 가까이 다가가기, 조금씩 속마음을 털어놓기, 소통의 창구를 열어놓고 서로의 이야기에 귀 기울이기, 필요하면 도움을 요청하기 정도를 해볼 수 있으면 좋겠다. 변화의 가능성을 가진 관계임을 인정하면서 조금씩 노력했으면 좋겠다.

정답은 없지만 해답은 있다는 말을 어디선가 본 기억이 있다. 끊임없이 질문하고 노력하다 보면 각자의 해답을 찾아갈 수 있을 것이라 믿는다.

> "방 밖으로 나왔지만, 편견에는 다시 갇히고 싶지 않아요."

모카는 방 안에서 예능 프로그램 <무한도전>과 만화 <짱구>를 즐겨 봤다고 했다. 흔한 티비 프로그램이고 만화일 뿐인데, 모카에게는 자신이 행복했던 시절을 기억나게 해주는 '문고리' 같은 것이었다. 언젠가 사람들과 만나자며 약속을 정하고 용기내서 방문을 열고 발걸음을 옮길 날을 기대하며, 행복하지 않은 상황에서도 지나간 행복을 들춰보며 다시 올 행복을 기대해보곤 했다.

물론 모카와의 인터뷰와 몇몇 다큐멘터리나 은둔형 외톨이에 대한 현황 자료를 통해 모카의 기대가 어떤 은둔형 외톨이들에게는 사치일 수도 있다는 것을 알게 되었다. 지난 과거를 아무리 더듬어도 행복한 기억이 없고, 오히려 깊은 상처에 매몰되어 오지 않을 미래와 같은 것처럼 여기는 사람들이 있다. 주변의 어떤 위로나 권면도 들리지 않고 '상처받은 나'만 느끼는 순간이 있고 그런 사람들이 있다. 그들에게는 지나가는 시간의 물결에 자신의 상처를 조금씩 흘려보내는 일도 필요하다. 하염없이 그냥 서 있는 것 같아도 물살을 버티며 조금씩 패이고 비바람에 깍여 나가면 언젠가는 물살을 이겨 강을 건널 수도, 물살에 몸을 맡겨 더 멀리 내려갈 수도 있지 않겠는가. 그래서 그들에게는 흘려보낼 시간이 필요하다.

외로운 이에게 다가가주는 넓은 품,
말하지 않아도 안기고 싶은 깊은 마음이다.

모카의 삶을 살아요,
당당하게!

　모카와의 인터뷰는 듬성듬성 간격을 두고 진행
되었다. 2022년 8월 25일에 있었던 첫만남은 늦가을
11월 4일에서야 마지막 인터뷰로 마무리를 지었다.
인터뷰를 보고 주변에서 많은 연락을 받았다고 했
다. 주변이라 함은 모카처럼 은둔의 경험을 했거나
현재도 진행 중인 은둔형 외톨이들이 대부분이리라.
모카는 내게 그들의 감상평 중 기억에 남는 것을 전
해주었다. '은둔형 외톨이에 대한 고찰' 같다는 것이
었다. 모카는 다른 은둔형 외톨이들도 자기 경험과
생각을 나누는 계기가 되었으면 좋겠다는 바람도 함
께 남겨주었다.

　모카는 자신의 삶을 치열하게 고민하고 어떻게
하면 사람들과 연결될 수 있을지 기대하며 사는 보통

의 청년이었다. 모카와 이야기를 나누며, 은둔형 외톨이라고 부르는 사람들뿐만 아니라 지나친 경쟁과 인간관계에 지치고 극심한 피로감을 느끼는 사람들이 각자의 은둔의 시간을 갖는 것이 꼭 나쁜 것만은 아닐 수도 있다는 생각을 하게 되었다. 은둔의 시간이 꼭 아프고 힘들고 고통스러운 것으로만 설명되지 않았으면 좋겠다. 잠시 멈추었거나 조금 오래 쉬었다가 다시 출발하는 인생의 정거장 같은 시간일 수도 있다. 갈까 말까, 탈까 말까를 고민하며 엉덩이를 들썩거리다가 오늘의 버스를 모두 놓쳤다 하더라도 괜찮다. 조금 더 쉬면 내일도 버스는 오니까. 조금 늦고 주춤하며 갈지라도 나에게 가장 좋은 속도대로 걷다, 쉬다 하며 가면 된다. 빠른 것이 항상 좋은 것만은 아니니까.

"모카, 앞으로도 모카의 걸음대로 모카의 삶을 살아요. 당당하게!"

잠시 멈추었거나 조금 오래 쉬었다가 다시 출발하는
인생의 정거장 같은 시간일 수도 있다.
갈까 말까, 탈까 말까를 고민하며 엉덩이를 들썩거리다가
오늘의 버스를 모두 놓쳤다 하더라도 괜찮다.

완전히 홀로 남겨질 미래에 대한 두려움과 막막함을
상상하며 세상을 향해 숨겨진 문을 찾기 시작했다.

두 번째 만남, 세계

버티고 살아온 나는 세계입니다

버티고 살아온 나는
세계입니다

두 번째 인터뷰이로 씨즈에서 활동하는 은둔형 외톨이 중 얼마 되지 않는 40대 당사자를 소개받았다. 부모님의 상담을 통해 기관에 오게 되었다고 했다. 줄곧 인터뷰를 권했지만 아직 준비가 되지 않았다며 거절하다가, 나에게 소개해주기 며칠 전 인터뷰를 하고 싶다고 담당자에게 연락을 해왔다고 했다. 담당자는 세계에 대해 자조모임에도 빠지지 않고 성실하게 참여하고 다른 사람도 잘 이해해주고 이야기도 잘한다고 소개해주었다. 새로운 사람을 만난다는 것은 무척 기대되는 일이었다. 시의 한 구절을 빌자면, 실로 어마어마한 일이 아닐 수 없다. 더군다나 인터뷰를 통해 그 사람의 인생을 만나는 것이니 자연스럽게 기분 좋은 설레임이 뒤따라왔다.

세계에게 전화를 걸었다. 전화 너머 목소리에서 낯선 사람에 대한 반사적인 경계심이 느껴졌다. 인터뷰를 직접 신청했다고 들었는데 짧은 통화를 하면서도 본인이 정말 원하는 건지 헷갈렸다. 그렇다고 무턱대고 인터뷰를 하고 싶은 것은 맞느냐고 물어볼 수는 없었다. 인터뷰에 대한 마음이 조금이라도 있으니 신청한 것이겠거니 믿으며 인터뷰 약속을 잡았다. 인터뷰 장소는 서로에게 안전하고 공개적인 장소로 정해야 했다. 이야기를 나눌 수 있기에 무난하고 만나기 편한 종로의 한 카페에서 첫 번째 인터뷰를 하기로 한 날이 되었다. 서둘렀더니 약속 시간보다 삼십분 일찍 약속장소에 도착했다. 종로 인사동 길가, 외국 관광객이 맞은 한 호텔 맞은편에 자리 잡은 카페는 벌써 사람들로 가득했다. 외국인 관광객부터 나들이 나오신 어르신들, 근처 회사의 직장인들까지 테이블마다 빈틈없이 차 있었다. 매의 눈으로 야외 구석진 자리에 빈 자리를 하나 발견했지만, 임시로 펼쳐놓은 작은 테이블과 의자 두 개가 전부인데다 주변에 오가는 차소리와 볼륨이 큰 대화 소리에, 그 안에서 차분히 대화하기 어려워 보였다. 약속시간이 다가오기 전에 마땅한 장소를 물색하려고 그 일대를 뒤졌다. 다행히 그곳에서 멀지 않은 안국역 사거리 근처에서 카페를 발견했다. 좀 더 한적해 보이는 이층 창가에 자리를 잡고 세계에게 연락했다.

약속 시간을 15분 정도 넘겨 도착한 세계는 한눈에 봐도 이마에 땀이 맺혀 있었다. 인터뷰어인 나야 더 적당한 장소를 찾느라 그랬지만, 세계는 갑작스럽게 바뀐 장소로 이동 경로를 바꿔 오느라 당황하고 헤맸던 것 같았다. 초면에 세계에게 조금 미안했다. 연신 손 부채질을 하는 세계를 위해 시원한 아메리카노를 가장 큰 사이즈로 주문해 주었다.
세계는 급하게 오느라 턱까지 차오른 숨을 고르더니 커피 한 모금을 쭉 들이켰는데 그 한 모금에 커피가 반 잔이 사라져버렸다. 눈 앞에서 커피가 사라지는 마술이라도 본 것마냥 마스크를 낀 채로 입을 떡 벌리고 있다가 이내 정신을 차리고 인터뷰를 시작했다.

"다른 인터뷰 읽어보니까 소개를 다들 멋있게 하던데…… 저는 그냥 이렇게 소개해볼게요. 한평생 많은 어려움을 겪고 살았지만, 여전히 버티고 사는 세계라고 합니다."

자기소개 한 마디에 세계에게는 그야말로 자기만의
깊은 세계가 있을 것 같았다. 처음에는 가벼운 이야
기부터 시작해보았다. 평소에 관심있었던 것이나 좋
아했던 것이 있는지 물었는데 세계는 한숨 쉬듯 한
박자를 쉬었다 대답했다.

"많았는데 다 시들해졌어요. 그나마 좋아하는 게
많아서 간신히 버티며 살았는데 지금은 다 흥미가
없네요."

세계는 자신이 지나온 시간이 설명하기 복잡한 과거
라고 설명했다. 전에는 자신을 위로해주고 달래주었
다고 생각했던 것들에 어두운 단면이 있다는 것을 알
게 되면서 자연스럽게 좋아하는 대상에 대한 마음도
식게 되었다고 했다. 그 예로 영화 이야기를 들었는
데, 처음에는 쉽게 이해가 되지 않았다. 세계는 영화
를 정말 좋아하는 영화광이었고, 영화를 보러 혼자
극장에도 자주 다녔다. 어느 날 종편에서 소비자 고
발 프로그램을 보게 되었는데, 영화관 같은 다중시

설의 위생관리와 실태에 대한 것이었다. 영화관에서 배출되는 균이 인체에 얼마나 유해한지도 알려주었는데, 그것을 보고 자신이 즐겨찾던 영화관에 발길을 끊게 되었다고 했다. '내가 왜 이걸 좋아했지?' 하며 삶의 낙으로 삼았던 영화감상을 멀리했다. 영화관이 지저분하고 더럽다는 것을 알게 되었다고 그렇게 좋아하는 영화까지 멀리 하게 되다니 나로서는 조금 이해가 되지 않았다. 넷플릭스처럼 PC나 TV로도 영화를 볼 수 있는 OTT 서비스도 있지 않느냐고 되묻기도 전에 세계는 자신의 계정을 해킹당했었다고 했다. 그 이후로도 OTT서비스를 이용하지 않는 것은 아니었지만 자기가 좋아하는 것이 안 좋은 것-특히나 위생이나 안전과 관련되는 것-에 관련되면 너무 힘들었다고 했다. 마치 자신의 즐거움, 그 순수하고 분리된 청정영역이 외부로부터 전염되고 오염되었다고 생각한 것일까? 오염에 대한 강박관념을 가지고 있는 것은 아닐까 조심스럽게 유추해보기도 했다. 강박관념은 불안을 피하기 위한 보호 장치같은 것인데, 긍정적 강박관념은 자기만의 독창적인 세계를 구축하고 생산적인 측면에서의 유익이 있다. 강박관념이라고 꼭 나쁜 것만은 아니라는 것이다. 나만 해도 구겨져 있는 담요 위에서는 잠을 못 자거나 물건에 자기 자리가 있다고 생각하는 정리정돈의 강박이 있고, 그것이 때로는 가족들 안에서도 약간의 갈등을 일으킬 때가 있었다. 강박 자체가 나쁘다기보다는 타인에게 자신의 기준에 따른 강박적인 사고와 행동을 강요하려고 할 때가 문제일 것이다. 분명 목표를 성취할 수 있도록 자신을 다독이는 좋은 강박도 있다.

"고립된 세월을 은둔의 기준으로 잡으면 10년이 넘었죠. 그런데 일반적으로 사람들이 생각하는 방에만 갇혀서 안 나오는 것을 기준으로 하면 저는 하루도 은둔한 적이 없어요. 늘 나와 있고 쏘다녔어요."

세계는 대학교를 졸업한 후 번아웃이 왔다. 그동안 맺어왔던 인간관계에 환멸이 오고 혐오스러워졌다. 그때가 휴대폰이 2G에서 스마트폰으로 바뀌던 시기였는데 새 휴대폰을 사면서 가지고 있던 연락처도 모두 지워버렸다. 2011년 5월이었다. 세계는 연결된 모든 관계를 끊고 싶었다. 사실 누구든, 언제든 그런 순간이 있다. 힘들고 지친 현실 세계로부터 한 발자국 떨어져 있고 싶은 그런 순간 말이다.

나를 힘들게 한
사람들

세계는 부적응을 용납하지 않는 사회에서 성장했다. 그를 힘들게 하는 사람들은 곳곳에 있었다. 초등학교 담임 선생님을 시작으로 중학교 친구들, 대학 다닐 때 만난 동기들까지, 아주 가까이는 할머니와 아버지까지 모두, 세계가 고립하게 만든 이유였다.

초등학교 선생님은 친구들 앞에서 세계를 놀림감 삼았다. 친구들은 세계를 소외시키고 괴롭혔다. 가족 안에서는 답답함을 느낄 때가 많았다.
할머니와 방을 같이 쓰는 룸메이트로 10대를 지냈지만, 늘 막말을 하며 주변 사람들과 갈등을 일삼는 할머니가 싫었다. 말이 통하지 않는 아버지에게는 짜증이 났다. 용기 내고 찾아간 정신과에서 세계는 훈

계만 들었다. 세계가 터놓고 이야기할 사람은 엄마
뿐이었다.

영화를 보며,
몰입하며

세계는 영화를 좋아했다. 그냥 좋아하는 정도가 아니라, 감명깊게 본 영화는 여러 번 반복해서 극장을 찾고 또 넷플릭스도로 찾아볼 정도로 마니아였다. 취미 이상이었다. 영화 지식이 많을 뿐더러 영화를 보는 순간의 감정과 감동을 지금 보고 있듯 생생하게 소개했다.

> "영화관의 압도적인 사운드와 큰 화면에 넋을 잃고 두 시간을 보내면 나 자신을 완전히 잊어버리는 순간이 와요. 영화가 끝나서 불이 켜지고 극장 밖으로 나갈 때 상쾌함도 있고요."

세계는 영화관에 있는 동안 현실을 벗어날 수 있었고 영화 속 세계에 빠져들었다. 다른 생각이 들지 않도록 집중하고 깊이 몰입하게 만드는 두세 시간은 세계가 진정 자유로워지는 시간이었다. 세계는 심리학자 칙센 미하이의 '긍정심리학'에서 나온 몰입의 이론에 대해서도 막힘없이 설명했다. 무언가에 몰입하면 행복해지고 삶의 질이 올라간다는 주장이었는데, 가장 쉽게 특별한 기술 없이 할 수 있는 몰입이 극장에서 영화를 보는 것이라고 했다. 그런 점에서 세계는 몰입에 대한 실천을 제대로 해온 것이었다.

영화를 통해 몰입하는 즐거움을 경험했지만, 사실 세계는 워너 브라더스, 디즈니 코리아와 같은 미국 영화 직배사에 취업하고 싶을 만큼 영화 분야에 대한 진지한 관심이 있고 진로에 대한 나름의 포부가 있었다. 엔터산업으로 성장한 모 대기업에서 세계가 다니던 대학에 취업설명회를 열었을 때, 영화 배급 분야에서 일하고 싶어서 손을 들고 질문까지 했었다고 했다. 영화를 좋아하고 다른 사람들에게 소개하고 맛깔스럽게 설명하는 재주가 있는 세계는 영화 리뷰를 전문적으로 하는 직업을 가져도 좋을 것 같았다. 그런 분야로 계속 도전하기를 권했지만, 세계는 이제는 너무 늦었다고 고개를 저었다. 100세 시대라는 말도 있고 일할 수 있는 나이가 길어졌으니 괜찮다, 관심있고 좋아하는 일을 직업으로도 할 수 있다면 금상첨화 아니겠냐고 북돋았지만, 듣기에 좋은 칭찬과 격려 정도로 받아들이는 듯했다.

영화 감상 외에도 아침 산책과 독서가 세계의 취미생활이었다. 자신을 어떻게든 좋은 쪽으로 바꿔보고 싶은 마음에서라고 했다. 꽤 많은 책을 섭렵하고 책을 읽을 때 도움될 만한 부분에는 줄을 치며 읽기도 하지만, 막상 현실에 적용을 하려면 한 개도 되는 게 없다는 생각이 들어서 독서가 자신에게 도움이 되는지는 잘 모르겠다고 했다.

"본능대로 화가 나고, 본능대로 나한테 상처받은 걸 곱씹게 돼요."

고통을 기억하는 나,
축복받지 않았나봐요

세계는 특별한 독서 습관이 있었는데, 페이지 순서대로 읽지 않고 여기 저기, 왔다 갔다 하며 원하는 정보를 얻어가는 방식으로 독서를 하는 것이었다. 그래서 유일하게 읽을 수 없는 것이 소설이었다. 세계와 이야기를 나눌수록, 이 사람의 머릿속에 굉장히 많은 정보들이 저장되어 있고, 정리도 잘 되어 있는 것같은 느낌을 받았다. 정보를 취득하고 정리하는 세계만의 방식이 있는 듯했다. 독서를 하며 얻은 정보를 체계적으로 정리하고 오래 기억해두니 다른 사람에게 설명하는 것도 아주 능숙했다. 특히나 타고난 기억력은 세계의 큰 장점이었다.

"세계 님은 기억력이 참 좋으신 것 같아요."
"별청년 프로그램에서도 기억력이 좋은 게 제 장점

이라고 했어요. 그런데 기억력이 좋은 게 축복이기
도 하지만, 아닌 경우도 많아요. 과거의 상처가 트
라우마로 기억 속에 계속 남아 있거든요."

큰 충격이라서 잊으려고 해도 잊혀지지 않거나, 기
억력이 좋아서 그런 게 아니었다. 세계는 과거의 상
처를 잊어보려고 한 적이 없었다. 계속 곱씹었다. 스
스로 상처 준다는 걸 알면서도 언젠가는 되 갚아주겠
다는 마음으로 살았다고 했다.

좋으면서 싫고,
싫으면서 좋은 나의 할머니

　세계는 어머니를 제외한 나머지 가족들에게서 양가감정을 가지고 있었다. 좋으면서 싫고, 고맙지만 답답하기도 한 이들이었다.

　초등학교에 들어가기 전, 세계 가족은 삼청동에서 구로로 이사를 갔다. 부모님과 세계, 그리고 할머니까지 네 식구가 방 3개인 집에 살게 되었는데, 방 1개는 부모님이, 1개는 맞벌이하는 부모님을 도와 살림을 도와주는 입주 도우미가, 1개는 할머니와 세계가 함께 썼다. 초등학교부터 중학교 2학년까지 할머니는 세계의 룸메이트였다. 세계의 할머니는 여름과 겨울에 3개월씩 절에 가서 지내다 와서, 1년 중 절반은 세계 혼자 방을 쓰고 나머지 절반은 할머니와 함께 사용했다. 할머니는 승려들이 동절기와 하절기에 외출을 삼가하고 참선 수행을 하는 동안거(冬安居), 하안거(夏安居)에 참여하는 독실한 불교 신자였다. 세계와 함께 지내는 방에 불당과 불상을 둘 정도였다. 세계의 표현대로라면, 할머니는 불교에 미친 사람이었다. 그리고 모가 많이 나 있고 매사 부정적이었다.

"할머니, 부처님을 믿는다는 사람 행실이 왜 그따위입니까?"

어머니의 약국에서 일을 도와주던 아저씨가 할머니의 모난 성격을 참다 못해 내뱉은 말이었다. 아저씨와 할머니는 서로에게 삿대질까지 해가며 몇 시간 동안 싸운 적도 있었다. 도우미 아주머니들이 번번이 할머니 때문에 못 견디고 나가는 일이 계속됐고, 그 일은 세계의 어머니에게도 큰 애로사항이었다.
할머니와 도우미 아주머니가 싸우다가 세계가 방과 후에 집에 돌아오면 서로 자기편을 들어주기를 바라며 성화였던 날도 많았다. 그 당시 세계는 중학생이었고, 학교에서 친구들에게 괴롭힘을 당해 힘들 때였다. 집에서만큼은 긴장감을 벗어버리고 쉬고 싶었

두 번째 만남, 세계 /23

는데, 매일같이 욕하고 부정적인 시각으로 사람들을 대하는 할머니와 같은 공간에서 지내는 것은 너무 힘들었다. 한번은 아주머니와 할머니를 불러서 둘이서 싸우든가 말든가 알아서 하시라고 선을 긋기도 했지만 소용이 없었다. 그렇게 세계는 학교에서도 집에서도 편히 지내지 못하다가 스무살이 넘고 '다른 집'을 인식하게 되면서, '우리 집'이 평범하지 않다는 것을 알게 되었다. 다른 집의 할머니는 집안 살림도 돕고 손주한테 맛있는 것도 사주면서 손주와 다정하고 좋은 사이로 지낸다는 것이다. 우리 집 할머니같은 사람은 없었다. 머리가 굵어지고 생각이 자라니 평범하지 않은 우리 집과 우리 할머니에 대해서 반감이 생기고 점점 할머니에게 반항하게 되었다. 할머니가 돌아가시기 5년 전부터는 아주 심하게 싸우기도 했는데, 스트레스가 많았던 세계는 할머니와의 관계에서 자극을 받고 할머니 멱살을 잡고 위협한 적도 있었다. 다행히 할머니가 그 일을 아버지에게 비밀로 했기 때문에 그 일은 조용히 넘어갈 수 있었다.

어느 해 겨울, 할머니는 화장실에 가다가 미끄러져서 넘어진 후 뼈에 금이 갔고 요양원에서 지내게 되었는데 그 후 1년 반 만에 돌아가셨다. 세계는 그 일로 할머니와의 문제가 극적으로 해결되었다고 했다. 아마도 할머니와 같은 공간에서 지내야 하는 것으로부터 받은 스트레스, 할머니의 부정적인 태도와 언행에서 벗어나고 더 이상 영향받지 않을 수 있는 유일한 방법이었다고 생각했던 것 같다. 할머니와의 관계에서 오는 어려움과 여러 갈등의 문제를 해결하기 위해 이야기를 나눠보고 함께 방법을 찾아볼 수 있는 형편이 되지 않았었는지, 어디서부터 해결의 실마리를 찾아야 하는지, 그런 현실이 감당조차 안 됐는지는 알 수 없었다.

"의도는 없었겠지만, 결과적으로 할머니가 나한테 부정성을 심어주었다고 생각해요. 할머니랑 같은 방에서 지내면서 원활한 인간관계를 배울 수가 없어서 할머니가 많이 원망스러워요."

가기 싫은 학교,
나는 '씨군'이었다

　　세계의 가장 오래된 상처는 초등학교 때였다. 초등학교 6학년부터 중학교 2학년까지, 세계는 지옥 같은 세계에서 살았다.

　　　　"담임 선생이 저를 싫어했어요."

초등학교 6학년 담임 선생님이 세계에서 던진 말 한마디가 세계의 신경을 건드렸고 자신도 모르게 선생님께 욕을 했다. 당연히 선생님은 뭐라고 했느냐며 세계를 다그쳤고 세계는 겁이 나서 아무 소리도 안했다고 발뺌하다가 '씨~'까지만 했다고 궁색하게 변명을 했다. 선생님은 그날부터 세계를 '씨군'이라는 별명으로 부르기 시작했고 반 친구들도 선생님을 따라 세계를 '씨군'으로 부르며 놀려댔다.

"쓰레기 선생이에요. 사적으로 만났으면 바로 죽이

　　고 싶을 정도로……."

세계는 하지 말아야 할 욕을 했지만, 학생의 약점을
다른 학생들에게까지 조리돌림하게 한 선생님은 나
도 이해가 되지 않았다.

　　"차라리 그 자리에서 한 대 맞는 게 나았을 거에요.

　　두고두고 상처예요."

그렇게 낙인이 된 세계의 별명은 긴 고립의 씨앗이
되었다.

선생님은 세계를 '씨군'이라는 별명으로
부르기 시작했고
반 친구들도 선생님을 따라
세계를 '씨군'으로 부르며 놀려댔다.

일체개고(一切皆苦)

초등학교 졸업을 앞두고 시작된 세계의 지옥은 중학교까지 이어졌다. 친구는 한 명도 없었다. 사귀고 싶은 친구도 없었다. 생각하고 말하는 수준이 완전히 달라서 소위 양아치라고 생각될 정도였다. 말을 섞기가 싫고, 말을 섞지 않으니 자연스럽게 소외되었고, 소외된 세계를 더 괴롭히는 애들이 나오기 시작했다.

"절망 속에서 3년을 보냈어요. 버틸 힘이 되었던 것도 없었어요."

친구들에게 괴롭힘을 당하는 게 너무 힘들어서 선생님한테도 이르고 도움을 요청했지만 선생님은 관심이 없었다. 네 일은 네가 알아서 하라는 식이었다. 친구들의 괴롭힘도 견디기 힘들었지만 선생님의 무

관심도 이해할 수 없었다. 세계는 선생님을 방관자라고 느꼈다.

결국 중학교 2학년부터 정신과 약을 먹기 시작했다. 종교든 미신이든 매달리고 싶어서 할머니가 몰두하는 불교를 믿기도 했다. 할머니는 만족하셨지만, 세계는 만족스럽지 않았다. 아무런 도움이 되지 않는다는 생각에 회의감이 들었다. 할머니가 방 안에 둔 불상에 절을 하며 '아무도 나를 괴롭히지 않게 해달라.'고 기도하며 빌었지만 아무 소용이 없었다. 할머니 권유로 조계사 학생회까지도 나갔지만 교우 관계는 더 나빠지기만 했다. 중학교 2학년 때 서울 시내로 무료 청소년 상담을 받으러 간 적이 있었는데 상담 선생님이 자기 딴에는 위로를 한다고 하는 말에 큰 충격을 받고 말았다.

"불교에 '일체개고(一切皆苦)'라는 말이 있다고 하더라고요. '모든 것이 다 고통이다'라는 뜻이였어요. 확 반감이 들더라고요. 모든 게 고통이니까 그냥 이렇게 당하고 있으라는 건가? 그런 게 불교의 가르침이라면 난 불교를 믿지 않겠다고 마음 먹었어요."

세계를 처음 만나던 날, 버티고 살아온 인생이었다고 자신을 소개하던 것이 기억났다. 고통뿐이었던 인생을 버티고 살아왔다고 생각했을까? 세계는 불교에 회의감을 느끼고 도우미 아주머니를 통해 교회를 소개받았다. 신기하게도 교회를 다니고 6개월 동안은 일이 잘 풀렸다. 놀라울 정도였다.

힘들어하는 아들을 보며 고민하던 엄마는 약국 단골 손님을 통해 학교 전학을 알아보았고, 우여곡절 끝에 세계는 구로구에서 영등포구로 전학을 갔다. 다행히 다른 분위기의 학교생활에 잘 적응을 했고, 다니던 학교에서 유일하게 친절하게 대해주었던 체육 선생님이 세계가 전학간 학교로 전근을 오게 되어 담임 선생님이 되는 행운도 동시에 얻게 되었다. 교회에 가고 6개월 동안의 변화였다. 우연의 일치라고 보기에는 세계에게 너무 신기할 정도였다. 전학간 후 중학교 3학년은 1, 2학년에 비해 편해졌지만 학교라는 곳에 이미 너무 질리고 신물이 난 세계는 부모님에게 중학교를 졸업한 후에는 검정고시로 고등학교를 졸업하겠다고 선언했다. 당시만 해도 정규 학업과정을 밟지 않으면, 특히 고등학교를 졸업하지 않으면 큰일 난다고 생각하는 사람들이 다수였고, 세계의 부모님도 같은 생각이었다. 세계와 부모님의 타협안은 1년 휴학 후 고등학교에 진학하는 것이었다.

1년 동안 세계는 잘 쉬기도 하고 많은 경험을 할 수도 있었다. 캐나다로 어학연수를 다녀오기도 했고 테니스를 배우기도 했다. 그러나 2000년 3월에 고등학교 1학년으로 입학했는데, 입학하자마자 하루도 못 버티겠다는 생각이 들었다.

"아직 누가 뭐라 하지도 않고 무슨 일이 일어난 것도 아닌데 못 버티겠더라고요."

가장 달콤한 날에
죽음을 꿈꾸었다

초등학교 6학년 담임 선생님으로부터 시작된
상처는 제대로 감정을 토해내고 풀어낼 틈도 없이 중
학교 3년간의 괴롭힘으로 이어졌고 깊은 트라우마로
자리잡게 되었다. 세계는 1년간의 긴 방학을 얻어 쉼
과 회복의 시간을 가졌지만, 다시 돌아간 학교는 낯
설기만 했다. 학교는 더 이상 본인이 있을 곳이 아니
었다. 학교로 돌아가기 힘들어질수록, 1년 후에 학
교로 돌아가겠다고 한 부모님과의 약속이 생각나 더
욱 괴로웠다. 고심 끝에 가지고 있던 정신과 약 한
웅큼을 입에 넣었다. 한달 치가 넘는 양이었다. 2000
년 3월 14일의 일이었다.

"이렇게 고통스러운 인생이라면 죽어야겠다고 생
각을 한 것 같아요. 결과적으로는 속만 버리고 죽

지도 못했지만……."

정신을 잃고 쓰러졌다가 깨어나 보니 3일이 지나 있었다. 위 세척을 하고 링거를 꽂고 폐쇄 병동에서 한 달 정도 지내다가 퇴원을 했다. 두 달 정도 학교를 더 다녔지만 도저히 안 되겠다 싶었고, 어머니한테 울며불며 매달렸다. 더는 못 다니겠다고. 결국 고등학교 1학년 1학기, 7월 초에 세계는 자퇴를 하고 다음 해 4월에 고졸 검정고시에 합격했다.

"검정고시에 합격은 했는데, 그 다음은 뭘 해야 할지 모르겠더라고요. 딱히 계획이 없었어요. 지금까지 살아내는 것만도 힘들었으니까……."

서른 한 살이 되면
나는 없을 거야

고졸 검정고시 후에 2002년부터 수능에 도전했지만 고등학교를 한 학기도 다니지 않은 상태에서 자퇴한 세계에게 수능은 쉽게 넘을 수 없는 산이었다. 문과 과목은 성적이 괜찮은 편이었지만 이과 과목은 찍는 것이 더 나은 수준이었다. 도전한 첫 해의 입시는 실패로 끝이 났다. 다음 해 2003년, 세계는 두 번째 도전을 이어갔지만, 그해 여름에 갑자기 알지 못할 병에 걸렸다. 속이 죽을 듯이 아파서 내시경과 각종 검사를 해봤지만 이상 소견이 없고 통증의 이유도 알 수 없었다. 세계는 자신이 고등학교 때 약을 먹고 죽으려고 했던 게 뒤늦게서야 몸으로 나타난 것이 아닌가 짐작했지만 그것도 추측일 뿐이었다. 세계는 위가 아프다고 뒹굴뒹굴 구르면서 살았던 3년을 낭비된 시간으로 규정했다. 한 눈에 봐도 175센티미터는 되어 보이는 세계인데, 몸무게가 47킬로그램까지 빠졌다.

> "그때를 생각하면 아직도 답답하고 열 받아요. 속
> 에서는 눈물이 나요."

이유도 모르는 고통으로 괴로운 3년의 시간을 그야 말로 힘들게 보냈고, 세계는 전문대학에 입학했다. 학생부 성적이 거의 없다시피한 세계에게 다른 선택 지가 없었다. 그곳에서도 세계를 힘들게 하는 사람 들은 있었다. 어떤 사람과는 원수지간이 되기도 했 다. 세계는 마음과 몸이 아픈 상태로 지내면서 별다 른 희망을 품지도 않았다.

> "남은 시간 동안 놀면서 즐기다가 딱 서른이 되면
> 그때 죽어야겠다고 생각했어요. 지금 생각하면 좀
> 웃기죠."

세계에게도 예상치 못했던 기회가 있었다. 대학교 편입이었다. 인생의 번아웃이 빨리 찾아왔다고 느끼던 그때는 졸업을 앞둔 시기였다. 부모님은 세계에게 4년제 대학으로 편입하기를 권했다. 2학년 2학기를 마치는 12월 말까지 편입 계획은커녕 생각해보지도 않았는데, 여기서 끝내기는 아깝다고 편입을 권유하는 부모님의 이야기에 갑자기 그래야 할 것 같은 느낌이 들었다. 한 치 앞을 모르는 게 인생이고 드라마인가 싶은 순간이었다.

> "여기서 끝내긴 너무 아깝지 않겠니? 원래 네가 가고 싶었던 대학에 다시 도전해 보자. 편입시험이 있잖아."

알 수 없는 이끌림이었다. 급하게 편입시험 경험이 있는 가정교사를 추천받아 시험 준비를 하게 되었는데, 뒤늦게 시작한지라 원서를 쓸 수 있는 대학이 제한되어 있었다. 세 군데 대학에 원서를 넣고 기다리면서 간발의 차로 합격을 놓치기도 했다. 아쉬운 결과에 화가 나기도 했지만, 결국 K 대학교에 예비 4번으로 추가 합격되었다. 과정도 결과도 극적이었다.

"그 기회는 꼭 잡아야 할 것 같았어요. 그 기회마저 못 잡으면 완전 나락으로 떨어질 것 같은 어떤 느낌이 들었어요."

변화를 위한
10년의 노력

　세계는 과거의 고통에 매여서 여전히 힘들어하고 있는 자신을 위해 상담을 받기 시작했다. DBT(Dialectical Behavior Therapy:변증법적 행동치료)라고 하는 인지행동치료를 시작으로 EFT(Emotional Freedom Technique:감정자유기법치료), 정신과 상담치료, 미술치료까지 2011년 9월에 시작한 상담과 치료는 10년 넘게 이어오고 있었다.

　어머니는 아들에게 도움이 될 만한 치료와 상담요법을 찾아다녔고 아들을 설득하고 참여하게 했다. 10여 년의 노력은 좋았던 점도 있었지만 안 좋게 자극했던 부분들도 있었다. 내면의 심리적 어려움과 트라우마를 해소하려고 하기보다는 현실 적응을 위한 행동 대처를 중요하게 평가하는 치료도 있었다.

무리한 미션 수행을 요청하여 세계는 거부하였고 결국 담당 선생님과 관계가 어긋났다. 결국 치료도 그만두게 되었다. 세계는 상담을 통해 그동안 겪었던 부정적인 경험을 상쇄할 만한 긍정적인 변화를 기대했다. 어머니는 상담과 치료를 받기 전보다 받은 후가 훨씬 좋아졌다고 했지만 정작 세계는 큰 변화를 느끼지 못했다.

인터뷰를 하던 중에 세계는 미술치료 시간에 작업한 그림을 보여주겠다며 휴대폰을 들이밀었다. 가장 먼저 색감이 눈에 띄었다. 싱그럽게 피어나는 푸른 잎사귀는 붉은 꽃잎처럼 보이는 위를 향해 길게 뻗어있고, 음악회에서는 보라색의 커다란 하트 덕분에 줄지어 앉아있는 사람들의 표정이 행복하게 보였다. 다양하고 따스한 그림이었다. 어쩌면 세계는 밝고 따뜻한 미래를 꿈꾸었는지도 모르겠다.

나는 긍정을 배우려고
노력한다

　세계는 10년 넘게 상담과 정신과 치료를 받았는데, 그중에서도 공감 능력이 타고난 최근의 상담사가 가장 마음에 들었다. 상담사는 과거의 트라우마나 부정적인 경험을 잊고 삶의 태도를 바꿔가는 것이 중요한데, '5대 1의 법칙'을 적용해야 한다고 했다. 그동안은 부정적인 경험이 압도적으로 많으니 앞으로는 부정적인 경험을 한번 하면 다섯 번은 긍정적인 경험을 할 수 있도록 해야 한다는 것이었다.

　'5대 1의 법칙은' 본래 미국 심리학자인 존 고트먼 교수의 행복학 개론에서 시작된 것이고 부부관계에서 대화의 비율이 '칭찬:비난=5:1'을 유지해야 행복하고 좋은 관계를 유지할 수 있다고 하는 것이다. 누군가는 이 법칙에 대해서 무조건적인 칭찬만 하기보다는 사랑이 담긴 조언이 있어야 건강한 관계가 유지된다는 것이 핵심이라고 했다. 대화를 통해 본 관계의 법칙이지만 상담사는 세계의 경험에 비추어 본 모양이다. 긍정적인 경험의 절대적인 양을 늘려가면서 과거의 부정적인 경험을 잊고 상쇄시켰으면 하는 상담사의 바람이 담긴 권면이었을 것이다.

2021년 4월 14일,
나의 외로움은 더 복잡해졌다

"은둔의 시간 동안 외로움은 세계 님에게도 떼놓을 수 없는 중요한 문제였을 것 같은데요. 세계 님의 외로움은 어떤 것이었나요?"

"저의 외로움에는 괴로움, 두려움, 위기감…… 이런 것들이 섞여 있어요. 우선 나를 사랑해 주는 사람이 없는 것 같다는 생각 때문에 괴로울 때가 있어요. 그리고 제일 큰 문제는 나중에 부모님 없이 나 혼자 살아가게 될 날이 오게 될 텐데, 내가 큰 어려움에 부딪쳤을 때 나를 도와줄 수 있는 주변인이 전혀 없다는 거예요. 어떻게 해야 좋을까 고민돼요. 두렵기도 하고요."

2021년 4월, 세계는 지하철 플랫폼을 향해 들어오는 열차를 놓치지 않으려고 급하게 뛰어 내려가다가 계단에서 미끄러지면서 계단 아래로 심하게 굴러떨어졌다. 계단에 완충장치가 있었는데도 오른손 손목이 부러지는 중상을 당했다. 119가 출동해서 가까운 동네 병원으로 이송했지만, 작은 규모의 병원을 신뢰하기 어려웠다. 세계는 사고 소식을 듣고 회사에서 일하다 말고 쫓아온 아버지에게 손목이 부러졌는데 어떻게 사냐, 빨리 수술시켜 달라고 난리를 쳤다. 결국 아버지가 지인에게 물어물어 아들이 수술할 좋은 병원을 추천받아 옮겼고 수술은 성공적으로 마쳤다.

손목뼈가 부러지는 사고로 24시간 동안 수술 대기를 하고 3시간 동안 수술을 하고, 더 긴 시간 동안 재활하며 회복하기까지 부모님과 부모님의 지인들의 도움을 많이 받았다. 세계는 아무도 없이 혼자 남겨졌을 때의 삶이 슬슬 걱정되고 두려워지기 시작했다. 아찔했다.

"나 혼자 어떻게 살지? 혼자? 계속 고립돼서 살 수는 없겠구나."

2021년 4월 14일이었다.

세계는 손목에 있는 상처를 보며
과거의 아픔보다는 미래에 대한 걱정이 앞섰다.

세상을 향한
숨겨진 문을 찾다

손목을 다치는 사고 이후, 세계는 고립, 외로움, 관계에 대해 좀 더 생각하게 되었다. 뚜렷한 해결책을 찾진 못했지만 자신이 처한 문제를 극복하기 위해 다양한 시도를 해보게 되었다. 그 중 하나가 청년지원 단체에 문을 두드리게 된 것이었다. 거기서 여러 활동을 하기 시작하면서 새로운 사람들도 만나게 되었다. 나 역시 같은 단체의 릴레이 인터뷰 프로그램을 통해 인터뷰어와 인터뷰이로 세계를 만날 수 있었다.

"괜찮은 시도가 되었나요?"

"어떤 면에서는 성공적이었고, 어떤 면에서는 성공적이지 않았던 것 같아요."

변화를 위한 또 다른 시도도 있었다. 인터뷰를 하는 기간 중에 교회를 다니기 시작한 것이었다. 심지어 누구의 권유나 초청이 아닌 자발적인 선택이었다.

> "제 발로 교회를 찾아간 게 이번이 두 번째예요. 거의 24년만이네요."

충동적인 시도같았던 이 선택은 친절하고 좋은 사람들을 만나고 연결되기 위해 세계가 내딛은 용기있는 한걸음이었다. 지하철역 근처를 지나가다 무심결에 받은 '전도지 티슈'에 쓰여있는 연락처, 모 교회 ○○○권사에게 문자를 보냈고, 1분이 지나기가 무섭게 바로 연락이 왔다.

24년 전처럼 확연히 달라지는 변화를 느끼지는 못했지만, 애초에 종교는 요술램프나 자판기 같은 것이 아니기에 조금 더 여유를 가지고 다녀볼 것을 권했다. 무엇보다도 세계의 자발적인 선택이었고 기대가 있었다는 게 환영할 일이었다. 사람들은 따뜻한 환대와 좋은 반응으로 세계를 맞이하고 응대했다. 그렇지만 세계는 여전히 마음 한구석에 회의감이 자리잡고 있다고 했다.

  '이거 믿는다고 뭐가 달라질까?'

과거의 상처로부터 벗어나지 못해 긴 외로움을 선택할 수밖에 없었던 세계는, 완전히 홀로 남겨질 미래에 대한 두려움과 막막함을 상상하며 세상을 향해 숨겨진 문을 찾기 시작했다. 아직 가보지 않은 미래에 대한 막연한 두려움과 상처로부터 자유로워질 자신의 변화도 아직은 자신할 수 없지만 일단 한걸음을 뗐다. 마음을 다해 세계를 응원했다.

조금 더 힘을 내

세계는 힘을 내고 있었다. 안간힘을 다해 노력하고 있었다. 자기만의 세계에 머무르지 않고 과거에서 벗어나기 위해 애쓰고 있었다. 세계와 같은 어둡고 긴 터널을 지나고 있는 사람들에게 도움 되는 이야기를 해달라고 요청했다.

"제가 도움을 줄 만한 자격이 있는 사람은 아니지만 그래도 해볼게요. 지금은 세상의 흐름이, 전 세계의 트렌드가 고립과 은둔의 길을 가고 있는 사람들에게 훨씬 더 우호적으로 바뀌고 있으니 조금 더 힘을 내라는 말을 하고 싶어요. 비혼주의자들이 많아지고 개인화된 삶이 보편화되고 비대면도 일상화되었고요. 소위 스펙 좋은 사람들에게도 '조용한 퇴사'가 있을 수 있고요. 그들이 90년대에 살았으면 엄청 힘들었을 텐데, 지금은 시대가 완전히 달라졌어요."

세계는 조금 더 힘을 내보라고 격려하고 있었다. 비단 은둔 경험자에게만 해당되는 말이겠는가. 스스로에게 힘을 내보자는 다짐처럼 들리기도 했다. 세계는 다양한 삶의 방식을 이해해주고 존중해 주려는 세상의 흐름도 있음을 느끼고 있었다. 그 기류에 올라타 마음껏 세상을 즐기고 좀 더 자유롭게 세상과 소통할 수 있도록 힘을 내야 한다고 했다.

어떻게 힘을 내야 하는 걸까? 어떻게 하면 무턱대고 버티지 않을 수 있을까? 내가 내 삶을 살아갈 수 있는 힘은 어디에서 나오는 걸까?

"세상이 어디로 어떻게 흘러가는지 다 알 수는 없지만, 그래도 살아야 하잖아요. 어떻게 살아야 할지 갈피를 못 잡고 방향을 잘 모르겠다고 느낄 때 어떻게 해야 할까요?"

"어떻게 사는 것이 잘 사는 것인지 답은 잘 모르겠어요. 누구한테 물어본다고 정답을 알려줄 수 있는 게 아니니까. 결국 스스로 헤쳐나가야 할 문제인 것 같아요."

허무하고 뻔한 결론 같아 보이지만 사실 가장 정확한 결론이었다. 세계는 질문과 결론이 뫼비우스의 띠처럼 반복되는 이 상황에서도 한 가지 위안이 되는 것은 '성공'이 곧 '행복'은 아니라는 것을 깨닫는 사람들이 점점 많아지고 있다는 것이라고 말했다. 돈이 많고 사회적으로 유명해졌다고 행복하다고 말할 수는 없는 것처럼 말이다. 무한 경쟁에서 치열하게 살아온 사람들이 목표를 성취한 이후에도 내면의 공허함으로 힘들어하고 자신의 내면을 좀 더 풍성하게 채워줄 무언가를 찾아가게 되었다는 이야기를 듣는 것이 이제는 어려운 일이 아니다.

자기 자신을 깊이 알아가는 것, 눈에 보이는 것보다 보이지 않는 더 많은 것들에 관심을 갖는 것, 돈과 물질적인 가치보다 공존의 가치에 마음을 쏟는 것, 나의 저울에 타인을 올려놓지 않는 것, 타인을 이해하고 존중하려고 하는 것…. 앞으로 우리는 눈에 보이는 성공을 쫓는 것보다는 나열한 것들이 더 필요한 세상에 살게 될 것이다.

"조금 더 용기를 내도 되지 않을까, 조금 더 자기 자신한테 당당해져도 되지 않을까 생각이 들어요."

변화의 시기에
서 있다

　　세계가 풀어놓는 이야기는 마치 영화 같았다.
고립과 은둔, 그리고 외로움에 대해서 묻고자 하는
내게 세계는 대뜸 옛날, 자신의 과거의 이야기부터
시작했다. 그는, 고립과 단절의 기준으로 10년이 넘
었다고 이야기하는 은둔의 시작, 엉키고 설킨 고통
의 실마리, 그 끝을 찾아 풀어내려고 했다. 마치 어
느 영화의 주인공인 것처럼 한껏 감정을 이입하며 깊
은 상처를 고백할 때면, 과거의 고통과 마주했다가
현실로 돌아오기 위해 숨을 고르느라 여러 번 인터뷰
를 중단하기도 했다. 기억해내는 것만으로도 되살아
나는 아픔이 무엇인지 알고 있는 나로서는 세계의 영
화를 편하게 볼 수만은 없었다.
세계를 고통의 시간으로 밀어넣은 여러 사람들이 내
기억속에도 맴돌았다. 세계를 외롭게 만들고 괴롭히

던 중학교 친구들을 기억해낼 때는 중학교 시절 반 친구 하나를 쉽게 왕따 만들고 그녀와 가까이 지내려고 했던 나에게도 협박을 서슴치 않았던 같은 반 몇 명의 얼굴이 떠올랐다. 담임 선생님이 아무렇지 않게 던진 말 한마디에 모멸감을 느끼고 사람에 대한 경멸을 배우고 분노를 키우게 되었다는 대목에서는 나 역시 당시로 돌아가서 훈계의 말을 듣고 있는 것 같았다. 상황에 걸맞는 현명한 지도를 받을 수 있다면 지금의 세계는 또 다른 모습이지 않을까, 혼자서 세계라는 영화의 시나리오를 바꿔 짜 보기도 했다. 이 모든 것이 한낱 상상과 감상에 불과하지만, 그것만으로도 살 길을 찾아갈 힘을 얻고 지혜를 얻을 수 있다면 세계도 나도 고마울 것 같았다.

세계는 은둔하고 있었지만, 사실 하루도 은둔하고 있지 않다고 했다. 자신을 막대하는 사람들로부터 단절을 선언한 탓에 고립되었지만 하루도 집 안에만 머물러 있지 않았다. 아침이면 산책도 했고, 꽤 다양한 책도 읽었다. 10년이 넘는 시간을 상담과 치료에 투자했다. 남들 다 가는 대학이니 가보자 했고 뜻하지 않는 기회로 편입까지 하게 되었다. 셀수 없이 많은 영화를 보았으며 영화로 만나는 또 다른 세상에 집중하고 몰입했다.

세계는 과거에 머물러 있는 기억을 거슬러 오늘을 살려고 노력했다. 죽음을 선택한 때도 있었지만, 어떻게든 살 수 있는 만큼 살아내려고 부단히 애를 쓰며 여기까지 왔다.

"조금 복잡한 상태예요. 새로운 가능성도 열려 있지만 두렵기도 해요."

견디지 않아도 괜찮은
삶을 살고 싶다

"예전보다 온화해지고 화를 덜 내게 되었으면 좋겠어요. 잠재적인 재능이 있다는 것을 알아주었으면 좋겠어요. 사람들과 원만한 대인관계를 맺어갈 수 있었으면 좋겠고요. 마지막으로 세상이 저를 트집 잡는다는 느낌을 안 받았으면 좋겠어요."

인터뷰를 마무리하는 마지막 날에 나는 세계의 기대에 대해 물었다. 스스로에 대한 기대, 세상에 대한 기대, 앞으로 만날 사람들에 대한 기대, 미래에 대한 기대, 가족에 대한 기대까지 여러 가지 세계의 기대가 궁금했다. 그때 세계가 내놓은 대답이었다.

　　과거로부터 벗어나 현재를 살고 인정받기를, 사람들과 화합할 수 있기, 편견과 차별, 오만과 경솔

함으로 뒤틀어진 세상이 바로잡히기를 바라는 세계의 마음은 어쩌면 많은 사람들이 오늘을 살며 거는 기대와 바람일지도 모른다.

"상식 이하의 사람들이 사라졌으면 좋겠어요."

화려하게 발전하고 있는 과학기술에 비해 인간성의 어떤 부분은 더 저질화되고 퇴보하고 있다는 것에 우리 둘은 공감했다. 세상의 진보와 퇴보는 서로 다른 방향으로 달려가며 줄다리기하고 있지만, 그 양면을 붙잡고 살아가는 우리는 더 이상 뒷걸음치지 말아야 한다. 서로 영향을 주고 받지만, 어떤 의미에서는 영향받지 않고 자신의 본 모습을 지켜내야 한다. 그러나 마냥 견디는 것으로만 자신을 지키지 않았으면 좋겠다. 편안한 삶은 아닐지라도 평안한 삶을 살 수 있을 정도로 우리는 단단해지고 세상도 협조해줬으면 좋겠다.

"세계의 오늘과 내일을 응원합니다. 걱정과 두려움이 아닌 기대를 가지고 오늘을 살아내기를 바라요."

친구를 통해 자신의 몸 상태, 질병의 진행 정도와 심각성을 제대로
인지하게 되면서 감사를 갖기 위해서라도 나섰던 산책길에서
모험가는 자신과는 다른 세상에 살고 있는 사람들을 보게 되었다.
공원에 함께 산책나온 사람들, 아이와 즐거운 나들이하는 예쁜 가
족, 공원 데이트를 즐기는 연인들.
모험가에게 그날은 열심히 살고 싶은 날이 되었다.

세 번째 만남, 모험가

긍정의 힘을 가진 나는 모험가입니다

긍정의 힘을 가진 나는
모험가입니다

　　세 번째 인터뷰는 여러 닉네임을 후보로 놓고
고민하고 있는 30대 남성이었다. 은둔 고수 프로그
램에 참여하고 있었던 그는 자신의 경험을 다른 은둔
경험자들과 나누고 싶어 인터뷰를 신청했다.

　"짝사랑이었던 나 자신을 제대로 사랑하게 된 과정
　을 나누고 싶어요."

프로그램 담당자로부터 '긍정'으로 소개받았다가 첫
만남에 '제자리'로 불러달라고 요청을 받았고, 다시
지인의 닉네임과 겹쳐 1회차 인터뷰 후에 '모험가'라
는 닉네임으로 변경하였다.

　"저는 모험가라는 닉네임으로 활동을 시작했습니

다. '모험가'는 몇 번이라도 다시 일어나서 소년의 빛나는 눈으로 세상을 탐험하고 싶다는 뜻에서 갖게 되었습니다. 이제는 세상으로 나가 모든 것을 보고 겪고 남부럽지 않게 멋있고 즐겁게 살아가 보고자 합니다."

모험가는 누군가에게는 사소한 일상이 자신에게는 하나하나 가슴 두근거리고 신나는 모험이라고 했다. 10년 이상 은둔하며 몸무게가 140킬로그램이 될 정도로 급격히 늘었다고 했는데, 인터뷰에서 만난 모험가는 보기 좋지만 약간은 마른 느낌도 들었다.

은둔을 하던 시기에 모험가는 건강이 급속도로 나빠졌다. 사회복지를 하던 친구가 어느 날 갑자기 꽤 큰 돈을 쥐어주면서 병원을 가보라고 당부하면서 자신의 건강상태를 인지하게 되었다.

어떤 식으로든 친구의 고마운 마음에 보답해야겠어서 모험가는 산책을 시작했다. 사실 모험가는 진작부터 해야 할 신장 혈액 투석을 미루고 2년을 버티고 있던 상태였다.

만성 신부전증이 있었던 모험가는 2기와 3기 사이에 있다가 은둔하면서 급속도로 나빠져 말기 중에서도 거의 제일 끝으로 가게 되었다. 그전에도 이미 포기한 인생이었다. 모험가는 서른 중반이 될 때까지 이력서 한번 내보지 않고 아르바이트를 해본 적도 없었다. 그래도 건강이 급속도로 악화되고 나니 좌절하지 않을 수 없었다.

"그냥 내버려 두면 죽을지도 모른다고 생각했던 것 같아요."

친구가 내민 손을 붙잡았고 병에 대한 공포를 이겨내기 위해 시작한 산책 덕에 2~30킬로그램 정도의 체중 감량을 하게 되었다. 그러나 그것만으로는 완전히 바뀌기 어려웠다. 체중 감량에도 정체기가 왔고 별다른 진전없이 지내다가 결국 원래대로 다시 돌아가곤 했다. 그래도 걸었다. 멈출 때도 있었지만, 또다시 걸었다. 친구를 통해 자신의 몸 상태, 질병의 진행 정도와 심각성을 제대로 인지하게 되면서 은혜를 갚기 위해서라도 나섰던 산책길에서 모험가는 자신과는 다른 세상에 살고 있는 사람들을 보게 되었다. 공원에 함께 산책나온 사람들, 아이와 즐거운 나들이하는 예쁜 가족, 공원 데이트를 즐기는 연인들.

"함께 걷고 웃으며 대화하는 모습이 살아있고 활기차 보였어요. 세상 사람들이 사랑스럽게 느껴졌어요. 갑자기 내가 살아있는 이 세상에 감사했어요."

모험가에게 그날은 열심히 살고 싶은 날이 되었다.

살기 위해
손을 내밀다

　　모험가는 원래 사람 많은 곳을 싫어하고 잘 다
니지도 않았다. 그런데 산책을 시작하게 되면서 사
람들을 관찰하고 보는 걸 좋아하게 되었다. 산책도
하고 지나가는 사람들도 볼 수 있는 석촌호수에 자주
가게 되었는데, 어느 날은 용기를 내어 근처 놀이동
산에도 가보게 되었다. 몇개월 동안 호수를 돌며 놀
이공원에 놀러온 사람들의 에너지를 부러워만하고
차마 가볼 용기를 내지 못했다. 석촌호수 서호를 끼
고 야외까지 넓게 펼쳐져 있는 놀이동산을 멀찌감치
떨어져 구경하기만 했는데, 첫 방문에 연간회원권까
지 끊고 입장했다. 모험가는 그야말로 모험하듯 놀
이동산에 들어섰다. 그런데 그곳에서 캐스트(cast)라
고 부르는 알바생에게 질문을 했다가 웃으면서 대답
하는 그녀에게 첫 눈에 반하고 말았다.

"그 당시 저는 뚱뚱하고 관리도 안된 상황이었지만 용기를 내지 않으면 안 될 것 같았어요. 근처 카페에 가서 펜이랑 메모지를 빌려 전화번호를 써서 전해주고 연락 달라고 말한 뒤 도망치듯 나왔어요."

그녀는 쪽지를 보며 웃음으로 대답을 대신했다. 모험가에게는 다른 어떤 말보다 고마운 대답이었다. 그날의 만남을 계기로 모험가는 하루에 5~6시간을 운동하며 두세 달만에 3~40킬로그램 정도를 감량하게 되었다. 밥도 잘 먹지 않으면서 강도 높은 운동을 하는 등 무리를 하기도 했지만 모험가에게는 그만한 가치가 있는 일이었다. 목숨이 얼마 남지 않았다고 생각하며 자포자기할 수 있었던 시기에 찾아온 핑크빛 바람은 모험가를 일으켜 세우고 걷게 하고 뛰게 했다.

모험가를 설레게 했던 예쁜 알바생과 연인이 되진 못했지만 일주일에 한 번씩 놀이동산에 가게 되면 얼굴이라도 볼 수 있다는 낙으로 열심히 운동하며 체중을 줄여 나갔다. 스물 둘, 셋 정도부터 살이 찌기 시작해 12년 정도 은둔을 하면서 인생을 거의 포기하다시피 했던 모험가는 연애라는 것을 해본 적이 없었다.

　　"연애의 가능성보다는, 살려고 의미부여를 했던 것
　　같아요. 지금 생각해보면 그분은 제 생명의 은인이
　　예요."

혼자가 익숙했고,
나가려니 무서웠다

모험가는 은둔하게 된 계기를 묻는 질문에 자신의 가정 환경과 성장 과정을 이야기했다.

"은둔 경험자들은 가정환경에 문제가 있는 경우가 많아요. 어머니는 정신질환으로 계속 병원을 다니셨고, 아버지는 힘들게 일하시는 일용직 노동자셨어요. 그래서 저를 돌볼 시간이 거의 없었어요. 자연스럽게 저는 혼자 있는 것에 익숙해졌는데, 그래서인지 성인이 되어서 사회에 나갈 때가 되었을 때는 사회로 나가는 게 무섭더라고요."

모험가는 힘든 환경에서도 열심히 사는 부모님의 기대를 받는 것이 부담이었다고 한다. 적성에 맞지 않는 토목환경을 전공한 모험가는 부모님이 고생하며 어렵게 마련해주시는 등록금으로 학교를 다니며 억지로라도 버티려고 했다. 그러나 전공 필수에서 낙제를 받을 정도로 대학 생활은 적응하기 힘들었다.

버티기 힘들 때마다 모험가는 폭식으로 스트레스를 풀었다. 배가 아플 정도로 음식을 먹었다.

> "구겨 넣는다는 심정으로 그렇게 먹으면 다른 생각이 안 나요. 정신과 마음이 고통스러운 것보다는 몸이 고통스러운 것을 선택한 거죠. 먹는 걸 좋아하기도 했고요."

스트레스성 폭식은 모험가를 3개월 만에 정상에서 고도 비만으로 바꿨다. 군입대 전에 모험가와 만났던 친구가 100일 휴가를 나와 다시 만났는데, 그 사이 급격하게 살이 찌고 체격이 바뀐 모험가를 보고 깜짝 놀랐을 정도였다.

대학교에 들어간 후 급격히 살이 찐 모험가의 은둔의 경향은 짙어졌다. 대학을 졸업한 2013년 이후에는 나갈 일이 더 없어지면서 모험가의 은둔은 길어졌다.

두려움보다는 기대를

　그는 인터뷰를 기점으로 '모험가'라는 닉네임을 갖게 되었다. 어렸을 때 과학자라는 꿈을 갖고 자라 온 모험가는 세상에 대한 호기심이 많았다고 했다. 가슴 두근거리는 모험을 하고 싶은 바람이 있었다. 모험가가 새로운 도전을 하듯 재미있는 경험을 찾아 기대하며 나가기를 바랐다. 어릴 적 모험가는 다른 사람보다 두려움이 많은 편이었다. 여자 눈을 보며 이야기하지도 못했고 옆에 지나가는 사람도 쳐다보지 못했다. 한번은 알바를 하고 싶어서 동네 책방에 갔는데 책방에는 들어가지도 못하고 문 앞에서만 30분 넘게 서성거리다가 돌아온 적이 있다. 두려움 많고 소심했다고 한다. 은둔하는 사람 중에는 식당에 가더라도 "저기요!" 하며 종업원을 불러 주문하는 것조차도 힘들어하는 경우가 있다고 했다.

모험가는 어렸을 때부터 부모님이 일하러 나가시고 나면 줄곧 집에서 혼자 지내는 편이었고 투니버스 채널(만화 채널)을 많이 봤다. 그는 자신의 긍정성이 어렸을 때 많이 봤던 만화의 영향도 있는 것 같다고 했다. 대부분은 만화에 밝고 긍정적인 내용이 담겨 있었고 매일 보던 만화를 통해 긍정적인 마인드가 자기 안에 자리잡힌 것은 아니었을까 귀여운 추측을 하기도 했다.

'살다 보면 언젠가는 좋은 일이 있다.'

어머니의 선하고 낙천적인 성격으로부터 영향을 받았다고도 했다. 어머니의 아이같이 순수한 면이 자기에게 꼭 닮아 있다고 했다. 집에 혼자 있을 때는 보통 컴퓨터 앞에 있게 마련인데, 모험가는 그때도 우울하거나 비극적인 결말의 방송 프로그램은 피했다.

"저는 재밌고 친숙한 사람들의 방송을 보곤 했어요. 그리고 가끔은 음악을 틀어놓고 혼자 춤을 추기도 했어요. '나는 되게 재밌는 사람이야.' 라고 생각했어요. 전 원래도 재밌는 걸 좋아하던 사람이니까요."

모험가는 명동에서 프리허그를 하기도 했고, 6개월 동안 인터넷 방송을 운영하면서 사람들과 소통하는 연습을 하기도 했다. 크리스마스 기부 대회에 참여해서 자선 단체에 기부활동으로 참여하는 경험도 해 보았다. 본격적으로 사회에 나가기 전에 하는 연습처럼 느껴졌다.

외로움보다는 자기혐오

"살이 많이 찌고 포기하는 게 극에 다르면 오히려 다른 사람을 신경쓰지 않게 되더라고요. 어차피 내가 이렇든 저렇든 사람들은 나를 안 좋게만 보거든요. 혐오스럽게 봐요."

머리도 안 감고 수염도 2, 3주 안 깎아도 별 상관하지 않고, 어쩌다 집 밖에 나갈 때도 그냥 대충 편한 옷 아무렇게나 입고 나가도 괜찮은 상태가 된다고 했다. 모험가는 은둔하던 중에 외모의 변화를 크게 겪었지만, 자신의 모습 그대로를 받아들이면서 사람들의 시선을 중요하게 생각하지 않게 되었다. 대신에 자신의 내면을 긍정적인 에너지로 바꿔나가기 위해 노력했다. 오랜 은둔의 기간을 지나며 단련된 탓인지 '미움받을 용기'가 생겼다고 했다.

"여기서 더 잃을 게 없다고 생각하면 오히려 더 뻔뻔해지더라고요."

다 큰 성인이 연애를 하지 못하면서 생기는 외로움은 자연스러운 과정이었을지도 모른다. 인간 본연의 외로움이나 공허함을 토로하는 사람들에게는 깊게 공감하기 어렵다고 했다. 본성적으로 긍정적인 성향을 타고났기 때문인지도 모른다며 너스레를 피웠지만, 그 당시 모험가는 주변에 중·고등학교 친구 몇 명이 있을 뿐이었다.

"저는 외로움이라는 감정보다 자기혐오가 있었어요. 주변에서 저를 어둡고 음침한 사람이라고 평가했거든요. 저 스스로도 저를 어둡다고 생각했어요. 의기소침하고 표현에 서툴러서 다른 사람과 의사소통을 할 때 감정을 어떻게 표현해야 할지도 몰랐어요. 그래서 사람들 앞에서 더 위축됐어요."

'나는 게으르다, 할 수 있지만 하고 싶지 않다.' 라고 하는 모험가의 자기 혐오와 사람들의 경멸 어린 시선은 결국 모험가 자신을 내려놓게 했다. 모험가는 '내

려놓는다'는 표현을 사람들과의 만남 자체를 피하거
나 관계를 맺지 않으려는 노력의 의미로 사용했다.

나는 긍정의
고수입니다

　　모험가가 10년이 넘는 은둔을 깨고 나올 수 있었던 동력은 크게 두 가지였다. 하나는 좋은 사람들이 곁에 있어서였고 또 하나는 모험가 본인의 긍정성이었다.

어려운 환경에서도 아들을 위해 헌신적이셨던 부모님, 건강을 걱정해 큰 돈을 쥐어주며 병원행을 권유했던 사회복지사 친구, 병원에서 일하게 되면서 만난 멘토 형, 그리고 자신을 응원하고 격려했던 사람들의 이야기를 흘려듣지 않았던 모험가 자신이 있었기에 10년이 넘는 긴 은둔을 끝내고 세상으로 당당히 나올 수 있었다.

그러나 무엇보다 중요했던 건, 모험가 자신이었다. 그는 자신을 응원하고 격려했던 사람들의 이야기를 쉽게 흘려듣지 않았다. 그리고 자신을 도왔던 사람들의 마음을 기억하고 고마움을 잊지 않았다.

> "제가 받은 것을 돌려주고 싶었어요. 많은 사람의
> 도움이나 정부의 복지 혜택 같은 것을 받아서 살고
> 있는 거니까 고마움을 갖고 싶었어요. 제가 누군가
> 를 도와서 그 한 사람의 인생이라도 바꿀 수 있으면
> 큰 보람이지 않을까 싶어요. 그래서 봉사활동을 하
> 게 됐어요."

모험가는 '은둔도 스펙이다'라는 말을 처음 들었을
때는 그렇게 말해주어서 고마웠다고 한다. 내 은둔
의 경험이 다른 은둔형 외톨이를 돕는 데 힘이 될 수
있다는 것을 알았다고 했다. 그래서 모험가는 다른
은둔형 외톨이를 돕는 일을 하려고 학점은행제를 통
해 사회복지사 2급에 도전하고 있다. 건강과 외모의
변화를 위한 노력도 게을리하지 않는다. 폭식하는
습관이 찾아올 때가 있지만 폭식의 기간이 점점 짧아
지고 있다. '은둔 고수' 프로그램을 통해서도 사람들
을 만나게 되었고 두루두루 잘 지내며 사람들의 이야
기를 들어주는 역할을 하고 있다.

"다시 은둔의 상황이 찾아오면 어떻게 하겠어요? 걱정이나 두려움은 없나요?"

"예전에는 걱정했지만 지금은 걱정하지 않아요. 저는 긍정적인 사람이라 은둔 생활에 놓여 있을 때도 제 밑바닥 저 끝에는 긍정이 있다고 믿었거든요. '나는 지금 굉장히 우울하고 힘들지만 나는 태생이 긍정적인 사람이다, 난 재밌는 사람이다.' 라고 생각했던 것 같아요. 그래서 은둔을 극복했다고 생각하는 부분도 있어요."

경험을 사고 싶습니다

　　모험가의 부모님은 어려운 형편에도 자식을 전 폭적으로 지지해주었다. 아버지가 일용직으로 힘들 게 일하며 돈을 버는데도 아들 용돈은 끊지 않았다. 부모님에게 꼬박꼬박 받는 용돈이 어떤 돈인 줄 아는 모험가는 돈을 함부로 쓸 수가 없었다. 과소비를 못 하는 습관이 생겨, 돈을 책장에 쌓아놓고 은행에도 넣지 않았다.

　　"그 돈을 막 쓰면 죄를 짓는 것 같았어요. 항상 아
　　껴 쓰는 습관이 생긴 것 같아요."

부모님은 무시당하고 힘들게 살아왔으니 자식만은 그러지 않았으면 좋겠다는 바람이었다. 반면 부모의 기대는 자신이 사회로 나가는데 부담으로 작용하기 도 했다.

"넌 잘 살아야 해."

환경적인 제약을 뛰어넘어서 자식을 향한 부모님의 기대였다. 그런 부모님이었기 때문에 그 기대에 부응하지 못해서 못난 자신을 싫어하기도 했다.

두 번째 인터뷰에서 모험가는 얼마 전 좋은 소비를 하고 왔다고 했다. 항상 돈을 아끼기만 하며 살아왔는데, 은둔에서 벗어났다고 생각한 이후에 산책 모임에서 만난 친구가 신라 호텔에 망고 빙수를 먹으러 가자고 권해서 다녀왔다는 것이다. 빙수 하나에 8만 4천원이었고, 친구와 반씩 부담한다고 해도 4만 2천원을 내고 왔을 텐데, 모험가는 당당하게 '좋은 소비'였다고 했다. 좋은 음악을 들으며 고급스러운 실내장식이 있는 좋은 분위기의 호텔에서 먹는 빙수는 그냥 빙수가 아니었단다. 예전 같으면 아까워서 엄두도 못낼 일이었지만 열심히 돈을 벌고 모아서 정당하게 쓰는 것이라면, 또 그것도 자신이 못해본 새로운 경험이라면 돈을 쓸 만하다는 것을 깨달았다고 했다. 모험가는 쓴 돈 4만 2천원 이상의 것을 얻었다고 했다. 돈으로 환산되지 않는 경험이었다. 모험가다웠다. 뜻깊고 의미 있는 경험을 위해서는 충분히 돈도 시간도 쓸 수 있다고 생각했다. 예전에는 돈 쓰는 게 아까웠다면, 지금은 그동안 하고 싶은 것을 하지 못해서 아쉽고, 그렇게 보낸 시간이 아깝게 느껴질 정도였다.

"이제는 나를 위해서 용기를 내고 더 많은 경험을 해보고 싶어요."

다시 돌아올
소중한 일상

나를 잘 돌보기로
약속했어요

"은둔하고 있는 다른 청년 중에는 모험가님처럼 타고난 긍정성이나 인적 네트워크가 없거나 부족한 분들도 있으실 텐데, 그분들이 은둔을 끝내고 세상 밖으로 나오기 위해서는 무엇이 가장 중요하다고 생각하세요? 본인이 스스로 할 수 있는 노력이나 주변에서 도와줄 수 있는 것이 있다면요?"

"우선 자기 자신과 약속을 하는 거예요. 그리고 그 약속을 지키는 거죠. 지키지 못해도 괜찮아요. 한 번만 해봐도 괜찮아요. 천천히 늘려가면 되니까요. 계속 시도한다는 게 중요한 것 같아요."

모험가는 자기 자신과의 약속을 지켜나갈 때마다 스스로 조금씩 성장하는 것을 발견하게 되었다고 했다. '나는 안돼. 나는 날 못 믿어.' 였다가, '이번에는 했네. 이번에는 좀 더 해냈네.'로 발전하고 어느 순간은 '그래, 이 정도면 괜찮아.'였다가, '나 생각보다 괜찮네.'로 바뀔 수 있었다고 한다.

모험가에게 자신과의 약속은 살을 빼는 일이었고, 이불을 개는 것이었고, 하루에 한 번 머리를 감거나 샤워를 하는 것, 양치질하는 것이었다. 모험가는 은둔하는 중에는 이불을 개고 샤워를 하는 소소한 일도 생각보다 어렵게 느껴졌다고 한다. 은둔 중에도 포기하지 않고 꼭 지켰으면 하는 약속은 이런 것들이었다. 자주 씻기, 좋은 향기가 나도록 하기, 미용실 가기 등 최소한의 자기관리를 우선으로 약속하고 그 약속을 지켰으면 하는 것이었다.

"쓰레기 같은 환경에서 쓰레기같이 지내면 거기서 벗어나기가 너무 힘들어요. 씻고 나서 좀 개운해지고 머리도 자르고 단정해지면 뭔가를 하기도 훨씬 더 수월해요."

모험가가 중요하다고 생각하는 것은 우리가 매일 반

복하는 일상이었다. 아침에 일어나 창문을 열고 환기를 시키고 햇빛을 보는 것 같이 아무렇지 않게 습관처럼 하는 것들 말이다. 그는 일상 속에서 자기 자신을 가꾸고 돌보는 것이 매우 중요하다고 거듭 강조하였다. 향이나 촉감에 관한 부분을 개선해나가는 것도 권하는 방법의 하나였다.

"향초 하나를 방에 두는 것도 도움이 돼요. 저는 향에 민감한 사람이거든요. 보들보들하고 시원한 느낌의 이불도 좋아해요. 몸으로 느낄 수 있는 여러 가지를 하나씩 바꿔나가면 정서적으로 좋을 것 같아요."

사소하지만 내가 할 수 있는 선에서 나와의 약속을 지키고 머무는 환경을 조금씩 개선해 나가면서 몸과 마음에 좋은 영향을 끼치는 것, 그것이 모험가가 처음 시작한 일상의 모험이었다.

내가 소망하는 것들

여자친구 만나기

여자친구랑 장보고 함께 음식 만들기

여자친구랑 소풍가기

여자친구랑 밤새 이야기하기

내가 힘들 때 여자친구가 와서 안아주기

스노쿨링 해보기

해외여행가기

여름에 캐리비안베이 가기

사회활동가로 경험쌓기

은둔형 외톨이를 지원하는 회사 창업하기

"그중에 제가 제일 원하는 건

 그냥 일상을 나누고 행복하게

 사는 것, 그런 거예요."

내 이야기를 하며
나에게 더 당당해졌다

모험가는 20대에 들어서면서 급격히 살이 찌기 시작했고 그것은 긴 은둔의 신호탄이 되었다. 모험가는 그의 유년 시절과 성장 과정을 거치면서 은둔에 영향을 준 또 다른 일이 없는지 되짚어보았다. 어린 시절은 '사랑받았던 시기'라고 기억했다. 잘 웃는 순둥이였던 남동생을 아끼고 사랑해 주었던 누나 둘은 모험가의 어린 시절에 큰 지지자였다. 모험가는 순하고 참을성이 많은 아이, 순종적인 아이였다. 착하고 순한 모습, 참을성과 같은 특징을 돌아보니, 모험가 스스로 어른들에게 칭찬받고 인정받을 수 있는 나름의 성공방정식을 갖고 살았던 것 같다고 회고했다.

초등학교를 다닐 때는 같은 동네에 사는 한 살 어린 동생을 친구삼아 친하게 지냈는데, 크면서 그 친구에게서 다소 폭력적인 성향이 드러났고 동네 친구들의 용돈을 빼앗고 심부름을 시키기도 했다. 본인이 불만족스러운 상황에서는 친구들을 때리는 시늉을 하며 위협하기도 했다. 결국 친구와는 더이상 어울리지 못할 정도가 되었고 결국 친구 관계는 끊어지게 되었다. 성장하면서 친구와는 만날 일이 없었다. 그런데 친구가 사는 동네에 가끔 놀러 가게 되면 왠지 위축되고 움츠러드는 느낌이 들었다. 20대 후반까지도 위축되고 긴장되는 느낌은 계속되었다.

"제가 한참 살이 쪘을 때 자전거를 타고 어릴 때 절 괴롭혔던 친구네 동네를 지나가게 됐는데, 처음에는 괜히 위축됐어요. 그래서 그 이후로 일부러 몇 번 더 지나갔어요. 이겨내 보려고요. 그러다 보니까 점점 그게 약해지더라고요. 어느 순간, 그 동네를 지나가는데 아무렇지도 않은 거예요. 그때는 제가 살을 뺐을 때였어요. 나에 대해 스스로 조금씩 인정하게 되고 나를 키워내고 성장했기 때문에 그 이후로는 아무렇지도 않았어요."

누구라도 힘들었던 기억이 있는 장소에 가면 불편하고 심리적 위축이 올 수 있는 법이다. 그런데 모험가는 자신의 내면을 살피고 다스리면서 과거의 고통스러운 기억과 느낌에 우회적으로나마 직면하려고 노력했다. 그 과정을 통해 자신감을 키울 수 있었고, 자신의 내면도 조금씩 단단해졌다.

그런데 모험가는 두 번째 인터뷰를 마칠 때까지는 초등학교 시절 자신을 괴롭히던 친구의 이야기를 꺼내지 않았었다. 오히려 어린 시절 이야기를 꺼내면서 기억을 더듬어 생각해냈다. 본인 스스로 내면의 힘을 기르면서 마음속에 남아있던 불편한 감정이 해소되었기 때문에, '지금의 나'에게 더 이상 영향을 미치지 않았다. 모험가는 과거의 어떤 모습이든 애써 숨기려 하지 않았다.

"어떤 치료보다도 이렇게 자신의 이야기를 진솔하게 할 수 있다는 게 가장 빠른 치료법 중 하나가 아닐까 싶어요. 저를 성장시켰던 방법의 하나가 남들에게 저의 이야기, 특히 말하기 어렵거나 힘들었던 얘기를 할 때였는데, 오늘처럼 내 이야기를 들어주는 사람이 있고, 말할 수 있다는 것이 감사해요."

"제가 가장 좋아하는 음식은 미역국이예요. 특히 미역국
중에서도 가자미 미역국과 쇠고기미역국, 그리고 들깻가루
가 들어간 미역국을 가장 좋아해요.
미역국을 먹으면 배보다 마음이 불러요.
그리운 사람들을 생각나게 해요."

네 번째 만남, 지구

은둔을 자각한 나는 지구입니다

은둔을 자각한 나는
지구입니다

    고립·은둔청년 세 명의 인터뷰를 모두 마치고 12월을 앞두고 있던 어느 날, 메일이 왔다. <안녕하세요. 은둔청년 릴레이 인터뷰를 받고 싶습니다>라는 제목이었다.

    써니 님, 안녕하세요. 저는 스물 입곱 살 여성입니다. 먼저, 릴레이 인터뷰를 이메일로 받을 수 있는지 궁금합니다. 저는 상호작용하는 것이 어려워요. 게다가 생각이 많아서 전화로 정해진 시간 동안, 질문에 대한 답변을 순조롭게 할 수 없을 것 같아요. 차분하게 생각하고 정리할 수 있는 표현 수단으로써 글은 제가 가장 저다울 수 있게 도와줘요. 만약 이메일 인터뷰가 가능하다면, 아무래도 즉각적인 질문과 답변 형식은, 저는 괜찮지만, 많은 시간이 소요될 테니 어려울 것 같다고 생각됩니다. 그래서 아래와 같은 형식으로 개인적인 은둔 경험을 이메일로 드린 후, 써니 님의 질문을 받는 것으로 진행하면 좋을 것 같은데, 써니 님의 생각은 어떠신지, 제안 드려 봅니다.

이메일로 인터뷰를 한다는 게 익숙하지 않기도 했지만 그렇다고 전혀 낯선 것은 아니었다. 사회복지사로 일하면서 질문지를 이메일로 받고 이메일로 답을 하는 서면 인터뷰를 안 해본 것은 아니었다. 그렇지만 이번 인터뷰는 일회성보다는 연속적으로 진행해야 하고, 이메일로 진행하지만 질문과 답을 주고받기가 가급적 자유롭고 원활해야 했다. 그보다는 인터뷰를 받고 싶다고 나에게 직접 이메일로 연락해왔다는 게 신기하기도 하고 반갑기도 했다. 우선 나는 '이메일 인터뷰'에 대해서 환영의 의사를 전했다. 인터뷰이(interviwee)인 지구가 가장 편하고 자신 있는 형태로 본인의 마음을 표현할 수 있다는 점에서 이번 인터뷰가 무척 기대되었다. 그렇지만, 본래 사단법인 씨즈의 프로그램으로 해오던 릴레이 인터뷰가 11월 안으로 종료가 되고 2023년부터는 구성을 바꿀 예정이라고 담당자로부터 이야기를 들어왔던지라 씨즈의 플랫폼을 활용한 '두두 릴레이 인터뷰'로는 진행하기 어려웠다. 오랫동안 고민하고 용기 내어 인터뷰 제안을 한 지구의 마음을 꺾고 싶지 않아서 '개인적인 차원의 인터뷰'를 권했다. 어느 기관의 사업이나 프로그램의 하나로 진행되는 것이 아니고 '최선희'라는 개인, 시대의 외로움과 고립, 은둔의 문제에 관심을 가지고 있는 사회복지사이자 개인 인터뷰어로서 진행하는 것이니 개인적인 인터뷰가 아닌가 싶어 그렇게 붙여 표현했다. 개인적인 인터뷰라니, 제안한 나조차도 한 번도 듣도 보도 못한 인터뷰를 하겠다고 해서 당황했을 법한데 지구는 조금 주저하면서도 인터뷰를 처음 요청했던 자신의 마음에 집중하였고 결국 '이메일로 주고받는 릴레이 인터뷰'가 시작 되었다.

지구의 자기소개

　　제가 은둔 생활을 한 기간은 4년이 조금 넘었습니다. 저는 제가 은둔생활을 하고 있다는 것을 얼마 전에 지각했습니다. 왜냐하면 저는 4년 전까지는 독립생활을 했었고, 취업을 준비한다고 공부도 했었으며 틈틈이 경제활동도 했었기 때문이죠. 문제가 아주 없었던 것은 아니었지만, 그동안 저는 그냥 제가 좀 사회성이 부족하고, 취업에 성공하지 못해서 좀 방황하는 것이라고, 그래서 잠시 무기력해져서 쉬는 것이라고 스스로를 치부했었습니다. 제가 은둔을 자각하게 된 시점은, 얼마 전에 '은둔 청년', '히키코모리' 등의 동영상을 우연히 보게 된 후였습니다.

집에서만 생활하고 사회적 재산이 없다는 사실이, 사회적 관계가 없는 사실이, 이제는 더 이상 사회적 활동을 하지 않는 사실이, '아, 내가 바로 그 은둔 청년이구나.' 하며 저를 상기시켜 주더라고요. 저는 은둔의 시작을 고립이라고 생각하는데, 어쩌면 저는 고립을 자발적으로 선택한 것이었는지도 모르겠습니다. 이렇게 생각하는 이유는, 어머니로부터 벗어나서 혼자 있고 싶어서 무작정 독립했으며, 6개월 일하고 6개월 쉬는 패턴으로 생활했고, 대인 관계를 유지하려고 노력하지 않았기 때문입니다. 무엇보다 친구를 사귀지 않았어요. 스스로 '은둔'이라고는 한 번도 생각해본 적이 없었지만 저는 쉽게 수긍할 수 있었습니다.

'은둔'보다 제 상황을 더 잘 나타낼 수 있는 단어는 없었기 때문입니다. 제 상황이 비로소 명확해지니, 이성적으로 사고할 수 있게 되었습니다. 제 발 아래의 땅이 굳어진 것 같은 기분이 들었습니다. 마침내 중심을 잡고 설 수 있게 된 기분이 들었습니다. 차근차근 가난해진 제 몸과 마음을 돌보려고 합니다. 극복을 위한 마라톤을 '릴레이 인터뷰'로 시작해 보려고 합니다.

써니의 답장

　지구님, 답장 감사해요. 짧은 글 안에서도 지구님의 마음이 읽혀집니다. 지구 님의 진솔한 글을 다시 읽으며, 왜 글이 더 편한지도 알 것 같아요. 그리고 마음의 결정도 감사합니다.

　지구 님의 제안이었지만, 저도 마음 한켠에는 계속 인터뷰이를 기다리고 있었습니다. '인터뷰'라는 과정을 통해 저는 그저 귀담아 들었을 뿐이지만, 닫아두었던 자신을 열어 마음속 이야기를 꺼내놓는 인터뷰이들이 조금이라도 홀가분해지고 자신을 들여다볼 수 있는 기회가 되었다고 하는 이야기를 들으며 너무 고마웠어요.

　인터뷰를 계속 해야겠다고 생각하고 있었던 차에 지구 님의 연락이 무척 반가웠습니다. 앞서 은둔과 고립의 경험을 한 몇몇의 청년들을 만나 인터뷰를 진행했는데요, 그 인터뷰를 기반으로 고립은둔청년들도 자신의 삶을 인정받고 인정하며 각자의 속도대로 살아도 괜찮다고 여길 수 있도록 응원하고 지지하는 사람들의 폭을 넓히기 위해 책을 준비하고 있습니다. 제가 먼저 지치지 않는다면, 지지 활동을 펼치고 싶은 마음도 있고요.

이메일로 주고받는 인터뷰에 인터뷰어로는 처음이라 저도 약간의 시간을 갖고 준비하도록 이번 주말까지 시간을 좀 주겠어요? 오늘은 저절로 어깨가 움츠러드는 추운 날씨였어요.
며칠은 이렇게 춥다고 하네요. 감기 조심하세요!

인터뷰를 시작하며

　　주말 내 안녕하셨죠? 저는 느즈막하게 코로나에 걸려 고생을 좀 하다가, 4일째가 되어 좀 정신을 차려보고 있어요. 쉬는 중에도 틈틈히 어떻게 인터뷰를 진행하면 좋을지 고민했어요.

지구 님의 소개글을 다시 읽으면서 의도한 게 맞는지 모르지만, 지구(earth)가 떠올랐어요. 엉뚱하다고 느낄지 모르지만, 문득 지구의 나이와 역사가 궁금해서 찾아보았는데요, 지구의 나이가 45억 년이 넘었더라고요. 그런데 그 중에 인류가 살았던 기간은 고작 0.004퍼센트뿐이라고 해요. 0.1퍼센트도 안 되는 시간이라니 긴 지구의 역사에 비하면 무척 짧죠?

지구의 입장에서 보면 인류 전체 역사도 짧은데, 그 중 한 세기도 다 채우지 못하는 한 사람의 인생이라는 게 어쩌면 점과 같은, 아니 점을 찍을 수도 없는 아주 찰나의 시간이겠구나 싶었어요. 우리는 어쩌면 순간에 가까운 짧은 인생을 살면서 아등바등하기도 하고 때로는 존재론적인 의문을 갖기도 하잖아요. 그렇지만 그런 수많은 찰나의 순간이 쌓이고 시간이 흐르면 결국 길고 긴 역사가 되는 거겠지요. 그래서 우리는 수많은 '찰나의 순간'을 소중히 여기고 숨을 고르며 각자의 속도대로 인생의 여정을 가고 있는지도 모르겠어요.

가수 최백호의 노래 중 '찰나'라는 곡이 있어요. 저도 최근에 알게 되었는데 잔잔한 멜로디에 살포시 없은 최백호 씨의 담담한 독백 같은 목소리와 일기장 같은 가사에 마음이 열리더라고요. 지구 님과 함께 듣고 싶어서 영상링크와 가사를 첨부해 보았어요. 꼭 들어봐 주세요.

찰나 (刹那)

처음 모든 게 두려웠던 날
한숨조차 힘겨웠던 날
이젠 아득히 떠나버린
그날들 날들이여
조금 세상에 익숙해지고
문득 뒤돌아 생각해보면
두 번 다시 다시는

만날 수 없는 날들이여
빛나는 순간
희미한 순간
그 모든 찰나들이
나의 삶을 가득히 수놓았음을
사랑과 이별은
늘 함께 있었으며
쥐려 할수록
새어나가던 욕심도
희미해라
빛나던 순간
희미한 순간
그 모든 찰나들이
나의 삶을 가득히 수놓았음을
지금 이 순간도
나의 빛나던 찰나여
이미 지나버린 찰나여
나의 영원한 찰나여
지금 빛나는 순간이여

　45억 년이 넘는 지구의 역사 속에 담겨진 지구 님의 소중한 스물 일곱 해, 그 수많은 찰나의 순간과 앞으로 더 길게 만들어갈 지구 님만의 역사를 기대하며, 그리고 그 인생 여정을 마라톤의 긴 호흡으로 차근차근, 한발 한발 밟아나갈 지구 님을 응원하며 인터뷰를 시작하겠습니다.

: 독립이 고립으로

1. 왜 본인을 지구라고 소개했는지 궁금합니다. 제가 생각하는 그 지구가 맞나요?

네, 써니 님과 제가 사는 이 행성, 지구가 맞아요. 그저 지구에 사니까, 제가 우주를 좋아하거든요. "나는 누구인가?", "나는 무엇인가?" 와 같은 막연한 질문에도 답을 하고야 마는 과학에 매료되어, 과학적 지식과 태도에 매료되어 우주를 좋아하게 됐어요.

우주와 과학을 알아가는 것은 제 삶에 위안이 돼요.

2. 시작은 조금 가볍게 가볼게요. 지구 님에 대해서 좀 더 알려줄 수 있을까요? 평소 즐겨먹는 음식, 그리고 좋아하는 음식은 무엇인가요?

평소 다양한 요리를 먹지는 않아요. 요리가 어렵기도 하고 귀찮기도 해서요. 제가 가장 자주 해 먹는 요리는 두부 달걀 볶음과 양배추 샐러드인데요. 비교적 영양소를 균형 있게 섭취할 수 있다는 것이 가장 좋고요. 재료를 다양하게 추가하면 맛도 훨씬 풍부해져서 자주 먹어도 질리지 않아요. 또, 포만감이 높아서 식사량과 식사 시간이 자연스럽게 일정해지는 것도 좋아요. 제가 가장 좋아하는 음식은 미역국이예요. 특히 미역국 중에서도 가자미 미역국과 쇠고기미역국, 그리고 들깻가루가 들어간 미역국을 가장 좋아해요. 미역국을 먹으면 배보다 마음이 불러요. 그리운 사람들을 생각나게 해요.

3. 요즘 날씨가 갑자기 추워진 탓인지 늦가을과 초겨울의 사이에서 겨울의 한복판으로 점프해 온 것 같은 느낌이예요. 저는 추위를 싫어해서 겨울보다는 봄이나 가을 같은, 따뜻하기도 하고 선선한 계절이 좋은데요. 지구 님은 어떤 계절을 좋아하나요? 그 이유도 함께 들려주겠어요?

저는 사계절 두루두루 다 좋아하는데 겨울을 조금 더 좋아하는 것 같아요. 겨울에 느낄 수 있는 감각들이 조금 더 좋거든요. 긴 밤, 하얀 눈, 따뜻한 햇살, 얼음장 같은 공기, 포근한 목도리, 발갛게 물든 뺨, 뜨거운 방바닥, 맛있는 붕어빵 등등이요.

최근에 읽고 기억에 남았던 책은 박상영 작가님의
『대도시의 사랑법』이예요. 저는 소설보다 수필을 좋
아하는데요. 이 책을 읽고 한동안 수필보다 소설들을
찾아서 읽었을 정도로 이 책을 너무 재미있게 읽었
던 것 같아요. 저는 생각이 말이 되는 데에 익숙하지
않고 감정을 표현하는 것이 서툴러요. 그런데 이 책
을 읽으면서 제 안의 무언가가 많이 해소되는 것을
느꼈던 것 같아요. 소설 속 인물들의 개성이 뚜렷해
서 좋았고 무엇보다 글맛에 너무 취향 저격을 당했
어요.

제가 가장 인상 깊게 시청했고 소중한 작품이라고
생각하는 드라마는 <괜찮아, 사랑이야> 예요. 마음
의 병을 앓는 사람들의 이야기인데요, 아니, 한 번이
라도 마음이 아파 보지 않은 사람은 없을 테니까 그
냥 우리들의 이야기라고 다시 소개하고 싶어졌어요.
이 작품은 저와, 그리고 저와는 다른 사람을 그대로
인정하고 사랑하는 태도에 대해 깊게 생각해 볼 수
있게 해줬어요. 저는 이 작품을 통해서 무언가를 배
울 수 있었다고 말하고 싶어요. 제 가치관에 너무나
많은 영향을 준 작품이예요.

인터뷰를 신청해 보기로 결심하기까지 많은 시간이 걸렸던 것 같아요. 제 삶의 근간이 되는 가치 중에 하나가 스스로 질문하고 답하는 건데요. 제가 은둔하고 있다는 것을 자각했을 때, 도무지 제 자신에게 무슨 질문을 어디서부터 해야 할지 모르겠더라고요. 그러다가 9월에 '은둔 청년 릴레이 인터뷰'를 우연히 읽게 됐어요. 와닿는 이야기들이 참 많았죠. 그리고 인터뷰가 제게 도움이 될 것 같다고 생각했어요. 하지만 확신이 필요했어요.

인터뷰를 신청하는 이유와 인터뷰를 통해서 이루려는 자아실현의 목표, 그리고 도중에 자신 없어지더라도 포기하지 않고 끝까지 마무리 짓는 책임감 있는 태도 등을 조금 더 분명하게 가지고 싶었어요. 꼬박 두 달이 넘도록 고민했고 완벽하지 않아도 된다는 결론에 이르러서, 용기를 내 도움을 요청하게 됐죠. 사실 인터뷰를 준비하면서도 마음 한구석에는 계속 주저함이 있었어요. 제가 제 자신을 포기하지 않도록 그리고 저다울 수 있도록 그래서 주체적일 수 있도록, 충분히 기다려 주시고 여기까지 이끌어 주신 인터뷰어 써니 님에게 진심으로 감사를 드리고 싶어요.

6. 지구 님은 어머니로부터 벗어나기 위해 독립을 선택했고 그것은 '자발적인 고립'이었다고 하면서 자신이 은둔하게 된 시작을 더듬어 봤는데요. 어머니와의 관계에서 어떤 어려움이 있었나요?

저는 어머니에게 정서적으로 의지할 수 없었어요. 어머니가 제게 의지하고 있었기 때문에요. 그때부터 서서히 고립에 잠식되고 있었던 것 같아요. 제가 열네 살 때의 일이었어요. 제게 아버지는 그저 신뢰할 수 없는 사람이었어요. 저는 오래전부터 알고 있었어요. 아버지는 비속어로 저희를 불렀었고 화나면 물건을 집어 던졌었죠. 직접적인 폭력을 행사하지는 않았지만, 적어도 저는 기억하지 못하지만, 아버지는 남한테는 친절하지만 가족한테는 언어폭력과 위협적인 행동을 일삼는 사람이었어요. 저는 그런 아버지가 믿을 수 없을 정도로 실망스러웠기 때문에 스스로 상처 받았던 것일 뿐 아버지를 존경하지 않았기 때문에 아버지에게 반항하는 것이 무섭지 않았어요. 제가 무서웠던 것은 어머니가 화장실에서 우는 거였어요.

물소리와 함께 어머니가 흐느끼는 소리를 들을 때마다 저는 심장이 쿵쿵 내려앉았어요. 가슴이 저렸어요. 어머니가 화장실에 숨어서, 그리고 혼자서 울지 않았으면 했어요. 저는 어머니와 당신의 삶이 불쌍하다고 생각했어요. 그래서 어머니를 보호해야겠다고 생각했죠. 그때부터 가정의 일에 나섰어요. 한두 번 나서다 보니 네댓 번은 어렵지 않았어요. 제게 그런 저를 제지해 주는 어른은 없었어요. 그렇게 6년이 흘렀어요. 저는 제가 어머니를 울지 않게 해줄 수 있다고 생각했어요. 하지만 그럴 수 없는 거더라고요. 곁에 있어 줄 수 있을 뿐 어머니의 삶을 제가 바꿔줄 수는 없었던 거예요. 너무 어리석었어요. 어머니가 제게 의지하게끔 만들어 놓고서는 저는 아무런 책임을 지지 않았어요. 감당하지 못했어요. 그리고 저는 성년이 되자마자 어머니를 떠났죠.

물소리와 함께 어머니가 흐느끼는 소리를 들을 때마다
저는 심장이 쿵쿵 내려앉았어요. 가슴이 저렸어요.
어머니가 화장실에 숨어서,
그리고 혼자서 울지 않았으면 했어요.

7. 누군가로부터 벗어나고 싶어 그로부터 분리되고 고
립된다고 해도 힘들었던 기억이나 잔상은 오래 남
기 마련인데요. 어머니로부터 벗어난 독립생활은 오
롯이 지구 님만의 것이 되었나요? 아니면, 벗어나고
싶었던 아픔이나 상처, 그 잔상때문에 더 힘들지는
않았나요?

도망치듯 시작한 독립생활은 매일 스스로를 몰아붙
이기만 했던 것 같아요. 분명히 몸은 여기에 있는데
마음은 여기에 없었어요. 죄책감때문에요. 제가 어머
니를 버린 것만 같았어요. 죄책감은 자괴감과 자기혐
오로 자라났어요. 그리고 그 끝에는 무기력과 은둔이
기다리고 있었죠. 아직도, 여전히 어머니로부터 저는
정서적으로 독립하려고 노력하고 있어요. 해묵은 감
정에서 벗어나는 것은 생각보다 정말 어려운 일이에
요.

8. 사회적 활동없이 집 안에서 홀로 지내는 시간은 어
땠어요? 어떻게 시간을 보냈나요?

4년 전부터 다시 어머니와 같이 지내고 있어요. 어머
니가 4년 전부터 작년까지 편찮으셨거든요. 제가 그
시간을 어떻게 버텼는지 모르겠어요. 정말 힘든 시간
이었어요. 그때는 주로 이국종 의사 선생님의 『골든

아워』, 빅터 프랭클의 『죽음의 수용소에서』, 데이비드 셰프의 『뷰티풀 보이』 등과 같은 수필과 <알쓸신잡>, <역사저널 그날> 등과 같은 교양 프로그램, 그리고 산악인 님스 푸르자의 <14정복 - 불가능은 없다> 등과 같은 다큐멘터리를 보면서 시간을 보냈던 것 같아요. 올해부터는 도서관에서 책을 빌려서 읽고 있어요. 나머지 시간에는 외국어 공부를 하거나 심리학 공부를 하면서 시간을 보내요. 저는 혼자 있는 시간을 좋아하는 것 같아요. 그동안의 시간이 힘들기는 했어도 크게 외롭지는 않았는데 대인 관계가 어머니 빼고는 전혀 없다보니 다양한 사람들과 다양한 감정이나 생각을 교류하면서 대화하는 것이 점점 어려워지는 것 같아 걱정이예요.

9. 은둔 생활이라고 표현했던 그 기간 중에 몸과 마음의 건강 상태는 어땠나요? 혹시 몸이 아팠거나 마음이 힘들 때 도움을 요청할 사람이 주변에 있었나요?

그 기간의 저는 먹고 씻고 자는 패턴이 완전히 무너져 있었어요. 특히 저는 수면 습관이 좋지 않았는데, 웬만큼 곯아떨어질 정도로 피곤하지 않으면 숙면하지 못했어요. 양질의 잠을 자려고 일부러 24시간이 넘게 지새우는 날이 흔했어요. 목욕도 마음먹어야 겨우 할 수 있었어요. 매일 잘하다가도 일주일 가까이 목욕하지 않기도 했어요. 그러다가 세 시간이 넘도록 목욕하곤 했죠. 먹는 것도 별반 다르지 않았어요. 밥을 먹는 행위 그 자체에 에너지가 소비되는 기분을 느끼곤 했죠. 은둔은 극단적으로 욕구의 동기가 없는, 매슬로우의 생리적 욕구 단계조차 충족할 동기가 없는 상태를 말하는 것 같아요. 은둔했던 시간은 온전히 저의, 저에 의한, 저를 위한 시간이 아니었어요. 한번은 제가 심리적으로 정말 힘들었던 시간이 있었어요. 그때 처음으로 손을 떨거나, 몸을 떨거나, 초인종이나 휴대전화 진동 소리같이 사소한 소리에 깜짝 놀라거나, 비문증과 비슷하게 기어다니는 벌레가 갑자기 시야에 나타난다거나 또 심장 박동 수가 치솟는 등과 같은 신체 이상 증상이 생겼어요. 저는 제 신체 반응이 너무나 이해가 됐기 때문에 그때는 오히려 아무렇지 않았었는데, 지금도 가끔 별다른 이유 없이 증상이 발현돼서, 이제는 나름 호흡을 깊고 길게 내뱉으면서 당황하지 않고 증상을 조절하려고 노력해요.

도움이 필요할 때 도움을 요청할 만한 사람은 없었어요. 대인 관계를 형성하려고 노력하지 않았던 제게, 언제든 일어날 일이 그냥 일어난 거라고 저는 생각했어요.

10. 잠시 무기력해져서 쉬는 것이라고 생각했던 다소 고립된 생활패턴을 '은둔'이라고 처음 자각했을 때 어땠나요? 당황스럽거나 혹은 부정하고 싶지는 않았나요?

아니요. 저는 오히려 좋았어요. 제 상태를 직시할 수 있어서요. 그리고 마음이 차분해졌어요. 출발선이 생긴 것 같은 기분이 들었죠. 제 상태와 상황을 직시할 수 있다는 것은 중요했어요. 진단을 내린 뒤에야 약을 처방할 수 있잖아요. 그동안 저는 스스로를 그저 무기력한 취업 준비생 또는 백수라고 생각했었어요. 하지만 외출하지 않으면서 대인 관계가 없고 시간 개념이 없어지면서 건설적인 생활을 하지 않는 것이, 그리고 무엇보다 어떠한 욕구의 동기를 가지고 있지 않은 것이 저를 '은둔자'라고 분명하게 말하고 있었다는 걸 자각했어요.

11. 이전에 취업 준비나 경제활동을 할 때 사람들과의 관계를 길게 유지하려고 하지 않았는데 그 이유가 있나요?

음, 모르겠어요. 이 질문이 왜 이렇게 어려울까요? 저는 사람과 사람이 하는 활동에 회의적이었어요. 사람에게 다가가지 않았고 다가오는 사람은 밀어냈었죠. 아무런 관계를 만들지 않는 데에 혈안이 되어 있었던 것 같은데 현재로서는 그 이유를 잘 모르겠어요. 제대로 답하지 못한 이 질문이 제가 은둔을 극복하는 데에 가장 큰 영향을 줄 것 같다는 예감이 들어요. 답을 찾을 때까지 한번 골똘히 생각해 보려고 합니다.

이번 주도 잘 보내셨나요? 써니 님, 11개의 질문에 모두 답변을 마쳤습니다. 다만 10, 11번째 질문은 제가 조금 더 길게 답변할 수 있을 때 답변을 보완하고 싶습니다. 생각했던 것보다 질문에 대해 답하는 것이 어려웠어요. 그래서 시간이 오래 걸렸습니다. 자문자답하는 것과는 다른 경로로 뇌가 기능하는 것 같은 기분이 들 정도였어요. 하지만 매우 뜻깊은 시간이었습니다.

인터뷰를 준비할 때는 제가 어머니 얘기를 엄청 많이 할 줄 알았어요. 하지만 질문지에 답변하면서 내내 '어머니를 미워하는 내 마음이 많이 작아졌구나, 다행이다.'라는 생각이 들었습니다. 제가 저를 모르고 있었네요. 항상 그래왔던 것처럼 혼자 질문하고 답했다면 여기까지 오는 데 정말 오랜 시간이 걸렸을 거예요. 써니 님과 인터뷰를 하기로 결정한 것이 너무 잘한 일 같습니다. 질문지를 받기 전보다 조금 더 열중하고 싶은 마음이 생겼습니다. 하고 싶은 이야기가 있는지 스스로에게 귀를 더 기울여 보고 있겠습니다. 노래도 잘 들었습니다.

써니 님, 오늘도 내일도 안녕하세요.

"발 아래 먼지를 털고
한걸음씩 내딛어 보아요"

지구 님, 안녕하셨어요? 지난 일주일, 기다리는 설레임이 있는 시간이었습니다. 인터뷰하길 잘했다고 하니, 정말 다행이고 반가운 이야기예요. 시작이 반이라는 말, 맞나봅니다. 앞으로의 절반도 질문과 이야기를 기다리고 귀 기울이면서 그렇게 뚜벅뚜벅 함께 잘 걸어가 보길 바라봅니다.

지구 님의 답변을 읽고 또 읽으면서 여러 생각이 들었습니다. 사람과 사람 사이, 흔히 인간관계라고 부르는 것에 대해서, 또 누구나 언제든 갖게 되는 홀로 있는 시간, 아주 가까운 사람과의 관계에서부터 어쩌다 만나게 되는 꽤 거리감이 있는 사람들과의 관계까지, 우리는 사람들과 어떻게 관계를 맺고 또 어떻게 홀로서기를 해야 하는 걸까요?

너무 멀리 간 것 같지만, 결국 지구 님과 저와의 대화는 우리가 어떻게 살아가고 있는지 살피면서 앞으로 어떻게 살아가야 할지, 작은 푯대를 세우고 발 아래 먼지를 털어 한 발 내딛어보는 것과 같은 과정은 아닐까 싶기도 합니다.

질문을 던지고, 답변을 하고, 답변을 읽고, 다시 질문을 하고, 이 과정 안에 생기는 공백과 쉼표들이 좀 더 많은 것을 생각하게 하고 깊이 있게 들여다보게 하는 것 같아, 저에게도 고마운 시간입니다.

두 번째 이메일 인터뷰
: 의존과 돌봄

12. 어린 지구 님을 의지했던 어머니를 부담스러워하기
    도 했고 그 때문에 독립을 했다가, 4년 전부터 다시
    편찮으신 어머니와 함께 살게 되었다고 했는데요.
    어쩌면 지금 어머니는 심정적으로는 누구보다 지구
    님을 더 의지하고 싶어하실 지도 모르겠다는 생각이
    들었습니다. 이호선 정신과 전문의의 칼럼을 읽어보
    았는데, 이런 표현이 있었어요.

    "인생은 누군가에게 의존하고, 누군가의 의존을 받아
    주며 살아가는 과정이라고 할 수 있다. 젊었을 때는
    누군가를 돌보면서 살아가다가 나이가 들면 누군가
    에 의해 돌봄을 받으면서 살아가는 것이 인생이다.
    의존과 돌봄은 누구에게나 해당하는 인생의 수레바
    퀴와 같다."

    앞으로 두 모녀가 자연스럽게 서로를 돌보는 관계가
    될 수도 있지 않을까 하는 생각도 해보았습니다. 어
    떻게 생각하나요?

음, 많은 생각이 들어요. 이호선 의사 선생님의 칼럼을 읽으면서 저는 공감하면서도 또 다른 한편으로는 의존하거나 의존이 되어주는 관계에 앞서 먼저 사람에 집중해 보고 싶다는 생각이 들었어요. 저는 자신의 삶에 있어서 관계보다 자기 자신에 집중하며 살아야 한다고 생각해요. 이게 당연한 말인 듯 싶지만 아니거든요. 이를테면 어머니 앞에서 저는 그저 딸일 뿐이에요. 제 이름으로, 제 아이덴티티로 존재하지 않아요. 우리는 너무 많은 관계 속에서 살고 있어요. 관계 속에서 사는 것이 익숙해지는 것만큼 우리의 이름을 잃어 가죠. 인간관계에 인간이 없어져요. 그래서 사람들이 방황한다고 생각해요.

지난 4년, 제가 어떻게 '의존'을 마주했는지 생각해 봤어요. 처음에는 제 모든 시간을 어머니 곁에 있는 데에 썼어요. 잠잘 때조차 온전한 제 시간이 아니었죠. 틈틈이 일어나서 어머니의 상태를 확인해야 했어요. 제가 가진 모든 에너지를 어머니에게 쏟았어요. 하지만 어머니는 2년이 지나도록 차도가 없었어요. 그렇게 쏟은 에너지는 고스란히 회복되지 않았어요. 제 에너지가 제 자신에게는 단 하나도 허용되지 않으니 제 삶의 주인이 제가 아닌 것 같은 기분이 들었어요. 제게 몸과 마음이 지치는 순간이 찾아오는 것은 예견된 일이었죠. 몸에서 정신이 튕겨 나가는 기분이 들었고 시간이 막 널뛰었어요. 그런 순간이 시간이 흐르면 흐를수록 더 자주 찾아왔고 더 오래 머물렀어요. 이런 상태는, 이런 관계로는 제가 오래 버티지 못하겠구나 싶었어요. 어머니에게도 제가 의지될 리 없었어요.

저와 어머니는 쳇바퀴 같은 생활에서 그 반경을 조금씩 넓혀갔어요. 어머니의 상태를 확인해 가면서 구태여 같이 집안일을 하거나 장을 봤고 식물을 돌보거나 DIY를 하는 등 기존에 하지 않았었던 무언가를 하면서 시간을 보내기 시작했어요. 또 저와 어머니는 서로 합의하에 혼자 있는 시간을 조금씩 가졌고 그 빈도와 시간을 점차 늘려갔어요. 하나의 감정과 기분에 오래 머무르는 일이 줄어 들어갔고 하루 동안 느끼는 감정과 기분들이 다양해져 갔어요. 짧더라도 스스로에게 집중할 수 있는 공간에서 스스로에게 에너지를 쓰는 시간을 자주 가졌었던 것이 서로에게 또 서로의 관계에 낙관적인 영향을 준 것 같아요. 만약 제가 생활에 변화를 가져다줄 생각을 하지 못했었더라면 또는 어머니에게 의존이 되어야 된다는 생각에만 계속 머물러 있었더라면 그래서 몸과 마음이 가난해진 제 자신을 계속 방치했었더라면 저도 누군가에게 의존해야만 하는 상황이 분명히 찾아왔을 거예요. 아, 저 지금 은둔하고 있죠. 맞아요. 저 정말 많이 힘들었었거든요.

누군가를 돌보는 방법이 꼭 누군가가 의존할 수 있게 하는 것만은 아니라고 생각해요. 저는 의존이 필요한 누군가를 그저 그 자신다울 수 있게 돕고 싶어요. 느릴 수도 있어요. 그렇지만 저는 그게 그 사람을 제대로 돌보는 거라고 생각해요. 또한 그건 제가 사랑하는 사람을 사랑하는 방식이기도 한 것 같아요.

13. 어머니와의 관계에서 '정서적인 독립'을 위해 노력하고 있다고 했는데요. 지구 님이 생각하는 '정서적인 독립'은 어떤 상태이고 지구 님과 어머니는 서로 어떻게 노력하고 있는지 궁금합니다.

제가 생각하는 정서적인 독립이란 저와 어머니의 감정과 기분을 구분할 줄 아는 것, 또 그런 상태를 말해요. 어머니는 모든 감정과 기분을 제게 공유했었고 저는 그것을 모두 흡수했었어요. 어머니의 감정이 제게 동기화되는 거죠. 어머니가 슬퍼서 꼭 내가 슬퍼지는 것은 아니라는 이 당연한 것을 인지하는 게 어려웠어요. 참으로 인생이란 당연하다고 생각하는 것들이 당연하게도 당연하지 않아요.

저와 어머니는 모녀 관계를 떠나서 서로 부딪히는 성향을 가지고 있어요. 그래서 먼저 서로를 인정하는 데에 노력하기로 했죠. 또 모든 대화가 일방적이지 않도록 노력하는 데에도 합의했어요. 각자 서로의 문화 생활을 향유하는 것도 건강한 모녀 관계에 큰 도움이 되고 있는 것 같아요. 저만의 문화생활이 제 감정과 기분에 여유를 불어넣어 주는 것 같거든요. 또 서로 이름으로 부르는 시간을 가지기도 해요. 그 시간은 오롯이 두 명의 인간만이 존재할 뿐이죠. 저는 평소에 '어른이 어른다워야 어른 대접을 하지.' 또는 '나는 아버지를 아버지로 인정하지 않아.' 이런 생각을 정말 많이 했었어요. 그런데 어머니와 서로 이름으로 부르는 시간을 가지면서 제가 제게 영향을 주는 한 인간에게 '-다움'을 바랐기 때문에 그 사람과 상생할 수 없었던 것이 아니었나 하는 생각이 문득 들더라고요. 저는 어머니를 당신의 존함으로 부르기 시작하면서부터 어머니다워야 한다고 생각했던 것들이 많이 무의미해진 것을 느껴요. 이건 사담인데요. 요즘은 세상이 다양화돼서 '여자다움', '남자다움' 등과 같은 언어가 제가 스스로 의식하기도 전에 남을 차별하는 언어가 될 수도 있다고 하더라고요. 그래서 저는 이제는 막연하게 한 인간에게 '-다움'과 같은 무거운 의무를 부과하지 않기로 마음먹었어요. 저도 누군가가 제게 '-다움'을 강제한다면 엄청 답답하고 힘들 것 같아요. '-다움'보다 제 자신을 있는 그대로 봐주면 좋겠다고 생각할 것 같아요. 나는 '나다워'야 하는 거죠. 역시 또 관계나 통념보다 사람에 집중하며 살아야 한다는 결론을 도출하게 되네요.

14. 은둔을 자각했을 때, 출발선이 생긴 것 같아 오히려 좋았다고 한 부분이 무척 인상 깊었어요. 변화의 의지를 갖고 있는 것 같아 좋아 보이기도 했고요. 자신의 은둔을 인식하고 변화의 첫 걸음을 내딛기 위해 노력한 것이 있다면 어떤 것이 있는지요.

자각한 뒤에 제가 변화를 위해 처음으로 노력한 것이 바로 써니 님과의 이 인터뷰예요. 그리고 이 인터뷰가 마치 제게 변화를 예고해 주고 있는 것 같은 기분이 들어요. 생각하는 힘이 길러지고 있는 것 같아요. 그래서 자긍심이 생겨요. 제가 점점 저다워지고 있는 것 같아요. 정말 멋진 기분이예요.

저와 어머니는 서로 합의하에 혼자 있는 시간을
조금씩 가졌고 그 빈도와 시간을 점차 늘려갔어요.
하나의 감정과 기분에 오래 머무르는 일이 줄어 들어갔고
하루 동안 느끼는 감정과 기분들이 다양해져 갔어요.

15. 지구 님은 시간을 알차게 보내는 편이라는 생각이 들어요. 다큐를 보고 책을 읽거나 공부를 하는 일상이 생산적이고 의미있는 활동으로 보여요. 시간을 허투루 쓰지 않아야겠다는 의지의 표현인가요? 아니면 단지 좋아하는 활동을 계속 하고 있는 걸까요? 혹은 미래에 대한 어떤 계획과 목표를 두고 준비하는 게 있는 건가요?

동굴 같은 거라고 말할 수 있을 것 같아요. 물론 그런 활동들을 제가 좋아해서 하는 거긴 하지만 그때는 그렇게 시간을 보내는 동안에만 안정감과 편안함을 느낄 수 있었거든요. 작년까지는 현실을 회피하듯이 그 시간들을 보냈어요. 의미는 있었어도 생산적이지는 않았던 것 같아요.

공부하는 직업을 가지고 싶어서 내년에 시험에 하나 응시하려고 준비하고 있어요. 핵발전 하듯이 에너지를 생산해서 공부할 때 쓰고 싶은데 생각처럼 그렇게는 안되네요.

16. 은둔생활 중에 심리적으로 가장 힘들었고 신체적인 증상도 나타났다고 했는데요. 그런 중에도 도움을 요청할 사람이 없었다는 것이 마음 아프게 들렸습니다. 그때야말로 '나는 정말 홀로 있구나.'라는 생각이

들지는 않았을까 싶었어요. 혼자 있는 시간을 좋아한다고 했지만, 한편으로 외롭지는 않았나요?

본래 저는 성정이 그런 것 같아요. 한 사람이 다른 한 사람을 완벽하게 이해할 수는 없다고 생각해요. 외로움은 공기처럼 존재한다고 생각하죠. 저는 혼자라고 느껴져서 외로울 때보다 혼자 있는 시간을 가지지 못할 때, 그래서 충분히 사유하거나 사색하지 못할 때 외로움을 더 많이 느끼는 것 같아요. 아무래도 저는 단단한 자아에 대한 결핍이 있는 것 같아요.

하지만 혼자 있는 시간을 좋아하는 저도 고독과 고립이 구분되듯이 사람은 혼자 살 수 없다고 생각해요. 사람은 사회적으로 활동하고 공동체 생활을 하면서 더불어 살아간다고 생각해요. 저도 사회인으로서 또, 공동체의 구성원으로서 역할을 다하며 살아야 한다고 생각하죠. 노동을 해서 독립적으로 생활할 수 있어야 하고 다른 사람들과 유대감을 느끼며 살 수 있어야 한다고 생각해요. 늦더라도 저도 꼭 그렇게 살아갈 수 있었으면 좋겠어요.

오늘과 내일, 그리고 안녕

　　써니 님, 일주일 만에 뵙습니다. 그동안 안녕
하셨어요? 총 5개인 두 번째 질문에 모두 답변을 마
쳤습니다. 그리고 10, 11번째 답변도 보완했습니다.
써니 님, 제가 미처 미리 말씀드리지 못하고 나머지
답변도(1~9번째) 모두 보완했는데 일을 그르친 것은
아닌가 걱정됩니다. 처음에는 답변을 간결하게 하는
데에 신경 썼었습니다. 이번에는 과정을 서술하려고
노력했습니다. 써니 님의 질문 하나하나가 소중하지
않은 적이 없었습니다.

　　써니 님, 오늘도 내일도 안녕하세요.

"고립의 시간에도 의미를 찾으며"

지구 님, 안녕하셨죠? 요즘의 저는 지구 님의 메일을 기다리며, 그 기다림의 시간이 무척 행복하다는 걸 느꼈습니다. 한줄 한줄 애써서 답변해주는 지구 님이 그려지기도 하고, 누군가의 애씀과 진심, 진정성이 담긴 글을 읽는 과정과 그것을 기다리는 시간들이 무척 감사합니다. 보충 답변은 언제든지 환영입니다. 그르치다뇨, 그럴 일은 전혀 없습니다. 지구 님과 제가 대화하는 과정 안에서는 서로가 가장 자기 다울 수 있는 자유로운 시간을 누릴 수 있기를 바라요. 저는 그렇게 바라며 인터뷰하고 있으니 부디 맘 편히 해주세요.

이번에도 한줄, 한줄 빠짐없이 잘 읽고 정성껏 다음 질문 드리도록 하겠습니다. 평안한 오늘을 보내세요!

지구 님이 은둔하며 보냈던 시간에 한 여러 활동들이 지구 님에게 마치 자신만의 동굴과 같은 안정감을 가져다 주었다는 답변을 읽으며, 누군가의 은둔의 시간이, 그리고 사람들과 교류하지는 않지만 홀로 보내는 시간이 스스로에게 의미를 가져다줄 수 있는 것은, 그것이 본인에게 편안하고 자연스러운 것이었는지 아니면 괴롭고 고통스러운 것이었는지, 스스로 깨닫는 것에서부터 오는 것은 아닐까 하는 생각이 들었습니다. 혹은 그런 편안하고 안정감 있으면서 즐거운 일을 찾는 것이 은둔과 고립의 시간에는 더욱 필요하지 않을까 싶기도 합니다. 지구 님의 은둔생활은 오히려 지구 님의 본연의 모습, 자기를 찾아가는 시작이 된 것 같아요.

세 번째 이메일 인터뷰

: 나의 가족

17. 가족들에게 폭력적이고 위협적인 태도를 보였던 아
    버지에 대해 원망이 있을 것 같은데요. 어떤가요?
    그 이후 아버지하고의 관계는 어떤가요?

제가 가정의 일에 나서기 시작하면서부터 저와 아버
지는 서로 돌이킬 수 없는 실수를 번갈아 가며 했어
요. 저는 아버지를 힐난했었고 아버지에게 끝끝내 욕
설도 서슴지 않았어요. 아버지도 더 과격하게 행동하
셨죠. 아버지는 제가 어머니를 가엾게 생각하고 있다
는 것을 버젓이 알고 있었으면서도 제 앞에서 어머
니를 끄집고 방에 들어가서 방문을 잠갔어요. 또 제
가 겁먹은 것을 알았으면서도 보란 듯이 창문 위에
올라갔어요. 저는 아버지의 눈빛과 분위기만으로도
폭압을 느끼는 지경에 이르렀었죠. 얼마 지나지 않아
부모님은 별거를 시작하셨어요. 그리고 몇 년 전에
이혼하셨어요. 부모님이 이혼하신 뒤에는 더 이상 아

버지와 연락하지 않고 있어요. 아직은 아버지와 연락할 마음이 없어요. 가까운 미래에도 없을 것 같아요.

저는 아무리 노력해도 부모님을 이해할 수 없었어요. '부모님도 부모는 처음이었을 테니까.' 하며 수도 없이 부모님을 이해해 보려고 했지만 그래서 겨우 용서가 가능해졌을 뿐 좋은 부모가 되는 것을 쉽게 포기하던 부모님을 저는 절대 이해할 수 없었어요. 부모님도 좋은 성장 환경에서 자라지 못해서 그렇다고, 좋은 교육을 받지 못해서 좋은 부모가 되지 못했다고, 부모님이 제게 보여 준 부모의 모습을 정말 용서만 할 수 있었어요.

저는 가정을 이루지 못할 것 같아요. 그리고 그런 막연한 두려움을 느낄 때마다 부모님이 원망스러워요. 저도 부모님을 원망하지만 부모님도 저를 원망하고 있을 거예요. 저도 많이 잘못했었거든요. 부모님을 인격적으로 존중하지 않았어요. 나중에는 제가 부모님을 가르치기까지 했었던 것 같아요. 어느새 저희 가족 구성원 모두가 서로에게 가해자이자 동시에 피해자가 되어 있었어요.

18. 아버지에 대한 반항은 결국 어머니를 지키기 위해 어린 지구 님이 할 수 있는 유일한 선택이었던

것 같아 보였어요. 연약해 보이던 어머니를 보호해야겠다고 마음먹고 무언가를 해보겠다고 나섰던 그 날의 지구 님의 어깨를 토닥여주고 싶습니다. 그렇지만 지구 님은 어머니의 삶을 변화시킬 수 없었던 자신을 어리석었다고 표현했는데요. 아버지로 인해 힘들었던 당시, 어머니를 위해 나섰던 자신이 무모했다고 생각하나요? 그때로 돌아간다면, 다른 선택, 다른 삶을 기대할 수 있을까요?

저는 비관해요. 저만 달라졌다고 해서 제 환경이 달라졌을 거라고는 생각하지, 아니, 기대하지 않거든요. 다만 그때와 같은 상황이 지금 제게 벌어진다면 지금은 충분히 다른 선택을 기대할 수는 있을 것 같아요. 같은 실수를 하지는 않을 것 같거든요. 그때의 제가 무모했었다고 생각해요. 지금은 그저 제 본분을 잃지 않고 제 자리에서 제가 할 수 있는 만큼만 할 것 같아요. 또 어머니의 삶을 함부로 재단하거나 그 고통을 대신 감내해 주겠다고도 생각하지 않을 것 같아요.

19. 은둔생활 중에 지구 님을 괴롭게 했던 것은 죄책감이라고 했는데요. 지금은 어머니를 버린 것 같다고 느껴졌던 고통스러운 죄책감에서 벗어났나요? 혹은 그 죄책감이 불쑥불쑥 찾아들 때가 있지는 않나요?

4년 전에 어머니 곁으로 돌아갈 때 이런 생각을 했었어요. 이 상황이 제가 열넷이었던 그때의 상황과 닮았다고 말이죠. 어쩌면 죄책감을 극복하는 기회가 될 수도 있겠다고 말이에요. 다행히 실수를 반복하지 않고 4년을 무사히 견뎌서 제 죄책감이 한결 가벼워진 것 같기는 해요. 하지만 아직도 불쑥불쑥 죄책감에 갇혀요. 죄책감은 인과 관계를 분석해서 스스로 극복하는 게 어려운 것 같아요. 죄책감이 생기게 된 상황과 비슷한 상황을 여러 번 긍정적으로 학습해야만 극복할 수 있는 것 같아요. 죄책감은 제 자신을 더 고립시켜요. 죄책감을 다시금 떠올린 하루는 되게 무력하고 불안하게 보내요. 그럴 때는 시각이나 청각을 폭력적으로 사용해서 머리를 몽롱하게 만드는 것 같아요.

20. '-다움'이라는 것에서부터 자유로워야 한다는 지구 님의 생각에 크게 공감이 됩니다. 그렇지만, 여전히 나를 비롯한 누군가를 향해 '-다움'에 대한 기대나 바람을 가지고 있는 것은 없는지 궁금해요. 저의 경우, 오랫동안 아이들의 인권을 위해 일해와서인지 누군가의 권리가 침해받는 상황이 생기면 그 의무를 다하지 못하는 부모나 선생님, 어른들에게 자신들의 역할을 제대로 하지 못한 것에 대한 또 다른 답답함

이 생기고 그들의 '-답지 않음'에 대해서 분노하기도 하거든요. 본인을 비롯해 타인에 대해서도 '-다움'에 대해 자유로워졌나요?

저는 제게 영향을 주지 않는, 막연한 사람들에게 인류애와 관련된 '-다움'을 기대하거나 바라지 않아요. 언제부터인지는 모르겠지만 어느새 그렇게 되었더라고요. 하지만 제 자신에게서나 제게 영향을 주는 사람들에게서는 완전하게 벗어나지는 못한 것 같아요. 벗어나려는 태도와 방향은 분명하게 가지고 있지만 경험을 많이 쌓아야 비로소 자유로워질 수 있을 것 같아요. 지금은 그저 제게 영향을 주는 사람들에게 바랐었던 '-다움'이 더 이상 제 삶을 휘두를 정도로 큰 의미가 없다는 것만 말할 수 있을 것 같아요. 하지만 저도 써니 님과 같은 직업을 가졌었다면 특히 아동을 보호해야 할 책임과 의무가 있는 사람들에게 바라는 '-다움'에서 조금도 자유롭지 못했을 거예요. 저는 부모님에게 신뢰와 의지, 그리고 존경을 바랐어요. 부모다운 모습이란 제게 그런 것들이었거든요. 어쩔 수 없이 어머니와 부대끼며 상생해야만 했던 시기에 기대와 바람을 많이 내려놓게 된 것 같아요. 그때 저는 '부모답지 않든 부모답든 그것에 매이다가는 또 어머니를 떠나고 싶어질 것 같다.', '당장 어머니와 상생하는 것보다 중요한 것은 없다.' 이런 생각들을 자주 했었던 것 같아요. 그리고 그런 생존에 집중하니 허무할 정도로 의미를 부여했던 많은 것들이 한순간에 무의미해지더라고요.

21. 가족 안에서, 특히 상호작용이 지나치게 밀착된 가족관계 안에서는 가족 구성원의 독립성을 유지하는 것이 쉽지 않다는 생각이 들어요. 가족들 간에 경계도 불분명하고 모든 문제에 서로가 지나치게 얽혀 있어서 문제가 심화 될수록 서로가 심리적 부담이 커지니, 관계를 무너뜨리지 않고 안정성을 유지하기 위해서라도 각자의 감정 표현은 자제하죠. 자신에 대해 집중하기보다 다른 가족 구성원을 살피고 눈치 보면서, 결국 서로 지나친 간섭과 개입을 하게 되는 것으로 서로 매이게 되는 악순환을 낳을 수도 있구요. 지구 님의 경험을 비추어, 가족관계에서 높은 밀착, 지나친 의존으로 서로를 버거워하고 결국 가족 안에서조차 은둔하거나 어려움을 겪는 이들에게 도움이 되는 이야기를 해줄 수 있을까요?

저는 저와 어머니의 의존 관계가 저로부터 시작됐다고 생각해요. 제가 어머니의 인생에 개입했었어요. 어머니를 보호하려던 제 마음이 과했었어요. 저는 어머니를 제가 돌봐야 하는 제 자식쯤으로 생각했었던 것 같아요. 어머니가 슬프지 않았으면 좋겠다고 생각했던 마음이 모든 슬픔에서부터 어머니를 보호하고 싶다는 마음으로 자라났어요. 그런데 그것은 애초 제가 할 수도 없고 또 이룰 수도 없는 것이었어요. 제가 어머니의 삶을 본질적으로 달라지게 만들어 줄 수는 없는 거였어요. 누군가로 인해 나의 삶이 바뀌었다고 말할 수는 있겠으나 내가 누군가의 삶을 바꿔 줄 수 있다고는 말할 수 없는 거였어요. 어머니와의 관계에서 제가 배운 것은 내 삶은 나의 것이고 내 삶은 나의 선택의 연속이라는 것. 그리고 나는 스스로 생각하고 판단할 줄 알아야 하고 나에게는 나에 대한 권리와 책임이 있다는 것이었어요.

저는 가족 사이에서의 지나친 의존 관계에 일률적이고 절대적인 해결 방법이 있다고 생각하지 않아요. 왜냐하면 우리 모두 각자의 가정 환경이 다를 테니까요. 상황이나 여건이 다 다르고 의존 관계의 정도나 형태, 그리고 그 관계에 있는 사람들의 성격 등도 다 제각각일 거예요. 그렇지만 해결 방향은 있다고 생각해요. 의존을 해야 하는 사람에게 가능하다면 물고기를 잡아서 가져다 주기보다 물고기를 잡는 방법을 알려 주는 거예요. 그리고 같이 물고기를 잡는 거예요. 저는 독립적으로 살아갈 수 있는 능력을 갖추는 방향으로 서로 의존하고 의존되어야 한다고 생각해요. 그런데 사실은 저도 잘 몰라요. 잘 모르겠어요. 좋은 의존 관계도 있을 것 같아서요. 누군가에게 의지해야만 살아갈 수 있는 사람을 저는 자기 자신을 제대로 소유하지 못한 사람이라고 생각하는 것 같아요. 아니, 소유하지 못한 상태에 있는 사람이라고 생각하는 것 같아요. 그리고 저는 자기 자신을 소유하지 못하면 행복도 아니, 그 어떤 것도 소유하지 못한다고 생각해요. 그래서 제가 지금 행복하지 않은 것 같아요. 그래서 저는 독립적으로 살아갈 수 있는 것을 중요하게 생각하는 것 같아요.

22. 홀로 있는 시간을 좋아하는 지구 님은 혼자만의 시간을 갖지 못할 때 오히려 외로움을 느낀다고 했는데, '공기처럼 존재하는 외로움'은 흔히들 이야기하는 것처럼 벗어나거나 극복해야 할 것인가요, 아니면 자연스럽게 받아들이고 공존해야 할 것인가요? 어떻게 생각하세요?

저는 외로움과 친해져야 한다고 생각해요. 외로움은 애초 극복하는 것이 아니라고 생각해요. 별개로 저는 사람이 가장 약해질 때가 외로울 때라고 생각해요. 그래서 외로울 때 무엇을 하는지가 참 중요하다고 생각해요. 저도 어떻게 하고 있는지 다시 한번 돌이켜 봐야겠어요.

써니 님, 일주일 만에 뵙습니다. 그동안 안녕하셨어요?

6개의 질문에 모두 답변을 마쳤습니다. 제대로 답하지 못했던 11번 질문에 조금씩 다가가고 있는 제 스스로가 느껴집니다. 이번에도 유익한 시간이었습니다.

답변하면서 문득 '은둔'이 아닌 은둔하는 '사람'에 대해 깊이 생각해 보게 되었습니다. 생각해 보니 진심을 가져 본 사람만이 은둔할 수 있다고 생각되었습니다. 가장 인간적인 사람만이 은둔할 수 있다고 생각되었습니다. 왜 은둔하게 되었을까도 생각해 보게 되었습니다. 아마 누구는 너무 열심히 살아서 은둔하고 누구는 그저 살고 싶어서 은둔하는 것 같습니다. 또 누구는 상처를 받아서 은둔하고 누구는 상처를 주지 않으려고 은둔하는 것 같아요. 마침내 은둔하는 사람은 심성이 정직하다는 다소 싱거운 결론에 이르게 되었습니다. 저는 상처를 주지 않으려고 은둔을 시작했었던 것 같습니다. 그때는 말이 못되게만 나오더라고요.

릴레이 인터뷰로 써니 님을 알게 되었습니다. 아무런 관계도 아닌 관계에서 제가 도움을 청할 수 있는 사람이 있을 거라고는 생각해 보지 않았습니다. 제가 방문을 열고 나오기를 바라는 사람이 있다고는 생각해 보지 않았습니다. 써니 님이 제 방문을 두드려 준 것 같습니다.

써니 님 오늘도 내일도 안녕하세요.

"새해의 설렘임 대신
삶에 대한 고민을"

　　지구 님, 잘 지냈나요? 성탄절도 지나고 나니 정말 연말 느낌이 나는 것 같아요. 요사이 눈도 제법 내리고 겨울의 한복판에 들어선 기분이에요. 며칠 있으면 곧 2023년이 되는데, 어떤 기분일지…….
날짜 며칠이 지난 것 뿐이지만 새해가 되어서 설레일지, '또 한 살을 먹는구나.' 할지 모르겠지만, 이제는 시간이 지나는 것이 싫거나 좋거나 하는 단순한 대답 대신에 내 자리에서 나는 어떻게 살아가면 좋을까 하는 고민을 해요. 그러면서 새로운 시간을 맞이하고 지나간 시간을 보내는 것 같아요.

　　지구 님의 메일과 답변을 읽는 횟수가 늘어날수록 저 또한 제 삶의 자리에서 고민을 찾게 되네요. 지구 님의 답변을 읽으며 많이 배우고 있어요. 대화하는 과정이 좋은 공부가 돼요.

삶에 대해서, 사람에 대해서요. 심사숙고해서 다음 질문도 할게요. 잠시만 기다려주세요!

이번 질문은 조금 힘겹게 하게 되었어요.

지구 님의 답변을 읽으며 저도 더 깊이 생각하고 고민하게 되어서인 것 같아요. 질문과 답변이 오고가는 중에 저의 모습이 오버랩되기도 했고요. 썼다 지웠다를 반복하며 표현을 가다듬고 정제하려고 노력하고 있지만, 혹시나 미처 전달이 다 되지 않거나 이해가 되지 않는 부분이 있다면 언제든 편하게 얘기해주세요.

지구 님의 이야기를 들려주셔서 고맙습니다.

지구 님의 이야기를 하나도 허투루 듣거나 흘려 읽지 않으려고 애쓰고 있습니다.

"다시 어두운 터널로"

써니 님 일주일 만에 뵙습니다. 그동안 안녕하셨어요?

합의했던 답변 기간대로라면 오늘까지 답변을 마쳤어야 했습니다만 그러지 못했습니다. 질문이 많아서 부담스러웠던 것은 절대 아니고 오롯이 제게 문제가 있었습니다. 다시 어두운 터널로 돌아간 일주일이었습니다. 답변하는 데 많은 생각이 드는 질문은 적절하게 답변을 마치고 써니 님께 회신 드리는 편이 더 좋았겠다라는 생각을 지금에서야 합니다. 저녁까지만 해도 제가 답변을 마칠 수 있을 거라고 생각했었습니다. 내일까지 답변을 마치겠습니다. 조금 더 일찍 말씀드리지 못해 죄송한 마음이 듭니다.

써니 님 안녕히 주무세요. 내일 뵙겠습니다.

"당신의 마음에
평안이 찾아들기를"

지구 님, 감사해요. 안그래도 답변을 주실 때가 되었다고 생각하고 있었어요.

오늘까지 답변 주시느라 너무 힘들게 하지 마세요. 소식을 알려주셨고 저는 하루가 되었든, 며칠이 되었든 더 기다릴 수 있습니다. 가능한 편하게 답변해주고 몸이 힘들면 좀 쉬어가며 천천히 해주세요. 언제든 마음과 몸의 평안이 우선입니다. 평안이 찾아들도록 지구 님의 마음을 먼저 잘 돌보아 주기를 부탁해요.

우연히 듣게 되는데요, 폴킴의 <마음>이라는 노래, 지구 님도 함께 들어보시겠어요?

마음

숨기는 게 익숙해진
그런 마음 나눌 수 없는 사람
어두움이 아침보다
시린 위로가 되는 그런 사람
가시돋친 말들에
움츠러들지 마
힘들 거야 그건 당연한걸
사실 별거 아냐
얼마나 더 멀리 달려야
행복할 수 있어
아껴둔 그 마음
혼자 가두지 말고
함께할 수 있기를
혼자인 게 친구보다
되려 위로가 되는 나를 느껴

네 번째 이메일 인터뷰
: 용서와 이해

23. 가족 구성원 모두가 서로에게 가해자이면서 피해자였다는 답변을 읽으며 가슴이 먹먹했습니다. 자신을 지키고 어머니를 지키려는 지구 님의 선택이 아버지에게도 상처가 될 수 있었을 것이라는 회고는 아버지를 용서했기에 가능한 고백인 것 같습니다.

과거의 경험으로 인해 가정폭력이나 극심한 갈등관계에 놓여 어려움을 겪는 다른 가족에 대해, 혹은 가족관계나 건강한 관계맺기에 대해 관심을 갖게 되었나요? 심리학에 대한 관심을 갖고 공부하는 것도 관련이 있나요?

감당하기 어려웠던 일들을 연달아 겪다 보니까 자연스럽게 제가 의지할 데를 찾고 있더라고요. 그리고 결국에 의지할 데가 제 자신밖에 없다는 생각이 들었어요. 제가 제 자신을 상담해 줘야겠다 싶었어요. 그래서 심리학에 관심을 갖게 됐어요. 처음부터 심리학에 관심을 가진 것은 아니었어요. 처음에는 종교와 사주 명리에 관심을 가졌었죠. 접근성이 좋았거든요. 종교 시설을 방문해 보기도 했고 사주 명리를 수강해 보기도 했어요. 그런데 조금씩 알아갈수록 제 삶과 괴리감이 생기더라고요.

저는 추상적인 것에 영 의지가 되지 않더라고요. 관심이 금방 식었어요. 종교나 사주 명리가 의지는 되지 않았지만 상담을 받은 것 같은 기분을 느끼게는 해 줬던 것 같아요. 현재 공부한 것이 많지는 않지만 저와 부모님과의 관계를, 나아가서 사람과 사람과의 관계를 학술적으로 배울 수 있는 데에 벌써부터 큰 만족감을 느끼고 있어요.

24. 가족 안에서 갈등과 부담의 관계였던 부모님을 이해하려고 노력했는데 겨우 용서만 했다고 말했는데요. 저는 지구 님이 '이해'보다 더 큰 것(용서)을 한 것 같다고 생각했습니다. 이해는 조건, 논리나 인과를 따지며 머리로 하는 것이지만, 용서는 가슴으로 할 수 있는 것 아닐까 싶어요. 이해할 수 없는 부모님을 어떻게 용서할 수 있었나요?

얼마 전까지는 저도 그렇게 생각했었어요. 그런데 지금은 오히려 반대로 생각해요. '이해'라는 큰 원 안에

'용서'라는 작은 원이 있다고 생각해요. 생각이 또 바뀔지도 모르겠어요. 하지만 현재로서는 그렇게 정의하기로 했어요. 뭐랄까, 용서는 부분적이지만 이해는 전체적이다랄까요? 또 용서는 불연속적이지만 이해는 연속적이다랄까요? 역시 생각을 글로 옮기는 것은 참 쉽지 않은 것 같아요. 저는 부모님을 부모의 역할과 부모의 역할을 맡은 인물로 구분해서 받아들이려고 애썼던 것 같아요. 부모의 역할은 용서할 수 없었지만 이해할 수가 있었고 그 역할을 맡은 인물은 용서할 수 있었지만 이해할 수가 없었다랄까요. 이건 한참 뒤에 생각한 거지만 저는 용서 받지 못한 사람보다 이해받지 못한 사람이 더 외롭고 고통스러울 거라고 생각해요. 적어도 저는 그럴 것 같아요.

우리 모두 한 번이라도 자신을 알아봐 주는 사람이 나타나기를 바라본 적이 있지 않나요? 저는 누구나 자신을 이해하는 존재를 기다리고 있다고 생각해요. 어쩌면 저는 저의 무관심이 부모님의 마음을 가장 아프게 할 거라는 것을 알면서 그래서 일부러 더 모질게 부모님을 부모의 역할과 부모의 역할을 맡은 인물로서 구분해서 받아들이려고 했던 것인지도 모르겠어요. 사실은 부모의 역할을 맡은 인물까지 충분히 이해할 수 있었으면서 말이에요. 이해하지 못하는

척, 못된 마음이죠.

25. 은둔을 경험하신 몇몇 분들을 만나 대화하면서 저에게 몇 가지 키워드가 남게 되었는데요. 그 중, '상처'와 '도피'가 떠올랐습니다. 상처를 받았거나 현실을 감당하기 힘들어 외면하거나 피하고 싶어 은둔했다는 이야기를 하기도 했어요. 본래 현실도피는 현실(인터뷰이 대부분은 상처받는 현실)을 부정하고 왜곡하거나 의도적으로 잊으려고 다른 것에 몰두하는 현상이라고 하는데, 그렇게 선택한 은둔이 당장은 편할 수도 있고 당시에는 그것이 유일한 방법인 것 같지만, 다른 방식으로 자신을 소진하게 하고 결국 무기력한 자신을 마주하게 되는 것은 아닐지 염려되기도 했습니다. 지구 님의 은둔은 어떤 영향을 주었나요? 그리고 앞으로는 어떤 영향을 주게 될까요?

은둔했던 시간은 고요했지만 혼란스러웠고 불안정했어요. 은둔하는 동안은 제 자신을 불투명한 존재에서 투명한 존재로 느꼈었던 것 같아요. 은둔 상태를 자각한 뒤로 가장 많이 생각했었던 것은 사람과 삶에는 동기가 필요하다는 것이었어요. 그리고 동기를 가진다는 것이 평범하지만 그렇기 때문에 얼마나 소중하고 그래서 행복한 것인지 깨달을 수 있었던 시간이었던 같아요.

저의 은둔은 꼭 성장통과 닮은 것 같아요. 은둔했던 시간이 제 삶의 서사를 만드는 시간으로 기억될 수 있었으면 좋겠어요. 그렇게 만들어야겠죠 제가. 오롯이 현재와 미래의 제게 달린 거겠죠.

26. 은둔생활, 또는 사회적 관계망에서 조금은 멀어진 삶을 살게 되면 다시 사람들과 어울려 지내는 것에 대한 두려움이 생길 수도 있을 것 같아요. 머릿속으로는 '언젠가는 사람들과 섞여서 어울려 지내야지.' 하는데, 마음 한편으로는 '잘할 수 있을까? 다시 혼자가 되고 싶지 않을까?' 하는 두려움이나 또 다른 변수에 대한 고민이 동시에 들 수도 있지 않을까 싶어요. 지구 님은 어떤가요?

생각보다 저는 사람들과의 관계에 대한 두려움은 가지고 있지 않은 것 같아요. 다만 걱정될 뿐이에요. 제가 사람들과 잘 어울리지 못해도 저는 괜찮아요. 관계에 능숙하지 못한 저를 이제는 부정하지 않으려고 해요. 더 이상 미숙한 관계 때문에 상처받지는 않을 거예요. 지금까지는 관계를 형성하고 유지하는 것이 안 하느니만 못하다고 느낄 때가 더 많았어요. 관계가 힘들었었어요. 저는 관계를 고민하다 보면 항상 그 고민이 '그래서 나는 이 관계를 어떻게 하고 싶은가?', '나는 무엇을 말하고 싶은가?', 더 나아가서는 '나는 어떤 삶을 살고 싶은가?', '어떤 사람이 되고 싶은가?' 등과 같은 질문으로, 결국 제 자신에 대한 질문으로 귀결되더라고요. 관계를 잘 가지려면 먼저 저를 잘 가져야 할 필요가 있겠더라고요. 관계를 알려면 먼저 저를 알아야겠더라고요. 마치 좋은 사람을 만나고 싶으면 먼저 좋은 사람이 되어야 하는 것처럼요.

제가 두려워하는 것은 동기를 다시 잃게 되는 것이에요. 원동력을 상실하게 되는 것이에요. 아직은 조금 더 마음을 정립할 필요를 느끼고 있어요. 동기가 됐든 관계 때문에 상처받지는 않겠다는 다짐이 됐든 집 밖에 나서기 전에 지금보다 마음을 단단하게 가질 수 있다면 좋겠어요.

27. 은둔의 시간을 보내고 있는 분들에게 무엇보다 자기 자신을 돌봐야 한다는 대목에서 크게 공감했습니다. 사실 어떠한 순간에라도 자기 스스로를 잃지 않는 것이 가장 중요하고, 그것은 자신을 살피고 돌보는 것에서부터 시작한다고 생각해요. 지구 님이 그렇게 생각하게 됐던 가장 큰 계기는 무엇인지, 지구

어머니가 편찮으셨을 때 어떻게 하면 어머니를 잘 돌볼 수 있을까 많이 고민했던 것 같아요. 제가 몸져 눕는 날이면 어머니는 아무 돌봄을 받지 못했어요. 그때 깨달았던 것 같아요. '내가 어머니를 돌볼 수 없을 때는 누가 어머니를 돌봐 줄 수 있을까?' 에 대한 것을 말이에요. 그리고 어머니가 조금씩 당신 스스로 돌볼 수 있게 제가 도와야 하는 거라고 생각하게 됐어요. 어머니가 어머니다울 수 있게 돕는 것만이 어머니를 돌보는 방법이라고 생각하게 됐어요.

자기 자신을 돌보는 방법을 구체적으로 생각하는 게 새삼 이렇게 어려운 것인지 몰랐어요. 고민 끝에 자기 자신을 돌보는 방법은 결국 나를 나답게 하는 방법과 같다고 생각했어요. 그래서 이번에는 어떻게 하면 나다울 수 있는지 생각해 봤어요. 그런데 그래도 어렵더라고요. 저는 그냥 잠 잘 자고 잘 씻고 잘 먹으려고 해요. 창문 열어서 바깥 공기도 마시고 구름도 보고 해도 봐요. 비가 내리는 날에는 괜히 팔도 뻗어 보고요. 먼지도 떨고 이불 빨래도 해요. 식물에 물을 주면서 식물에 저를 대입해도 봐요. 머리카락도 단정하게 하고 손발톱도 정돈하고요. 그러다가 조금 더 힘이 나는 날에는 밖으로 나서요. 집 근처에 있는 작은 공원에서 산책도 하고 의자에 앉아 새도 봐요. 자주 가던 빵집에 들러 바게트도 사고 옆에 꽃집에서 거베라 몇 송이도 사요. 또 다른 날에는 적당히 필요한 소지품을 챙겨 가방을 메고 버스를 타요. 구태여 가장 멀리 있는 도서관에 가요. 가는 데에만 1시간 30분, 두 번을 갈아타야 하는데도 도서관 가는 길이 꼭 여행 가는 것처럼 설레서 좋기만 해요. 무엇보다 새롭고 다양한 자극을 느끼려고 노력하는 것 같아요. 그래서 정체된 기분과 감정을 해소하려고 노력하는 것 같아요. 이게 저는 전부인 것 같아요.

28. 질문에 대한 답은 아니었지만, 답장 메일을 통해 지구 님이 '심성이 정직한 사람이 은둔한다고 생각한다.'고 쓴 문장이 기억에 남습니다. 누구와의 관계에서, 또는 자신의 삶에 대해서 솔직하고 정직하게 느꼈던 그대로의 반영이면서, 그중 반응의 한 가지가 은둔일 수도 있다는 것은, 다르게 표현하면 상처를 받거나 주었을 수도, 혹은 지나치게 소진되었을 수도 있는 자신의 모습을 제대로 인지했다는 것을 뜻하는 것일까 하는 질문도 들었습니다.

사실, 많은 사람들은 때에 따라서 가면을 쓰고 살기도 하고, 그저 다른 사람들 눈에 좋아 보이게 살려고 애쓰는 사람들도 있어서 그들과는 정직과 진심에 대해서 공감대를 나누기 어려웠던 저의 경험들도 생각이 났습니다.

자신에게만큼은 진실되고 솔직해질 수 있다면, 그렇게 자신을 인지하고 면밀히 살펴보고 들여다볼 수 있다면, 은둔과 같이 오롯이 홀로 있는 시간, 차분히 자신에게 집중할 수 있는 여건을 만들어 보는 것은 누구에게나 필요한 것은 아닐까요?

제 마음을 잘 읽어 주신 것 같아요. 그래서 은둔해 본 사람을 '단 한 순간이라도 진심이었던 적이 있었던 사람, 진심을 한 번이라도 가져 본 사람'이라고 표현하고 싶었어요.

써니 님의 말씀을 듣다 보니 저뿐만이 아니라 다른 사람들에게도 정말 은둔이 성장통일지도 모르겠다는 생각이 들어요.

29. 사회활동이나 경제활동을 하지 않고 차단된 생활을 할 때, 쓸모에 대한 고민할 수도 있을 것 같습니다. 자기효능감을 발휘할 기회가 지극히 제한된 상황이니까요. 일상에서 자기효능감을 찾으려고, 혹은 높이려고 노력했던 부분이 있었나요?

아니요. 단절된 생활을 하면서부터 자기 효능감을 가

지려고 노력해 본 적은 따로 없었던 것 같아요. 또 저의 쓰임에 대해서 고민해 보지 않았던 것은 아니나 생각에 그칠 뿐 실행해 옮겨본 적은 없었던 것 같아요. 그런데 '꼭 쓰임이 있어야 하나?', '나는 그냥 난데, 어디 쓰여야만 나로 존재할 수 있나?' 라는 생각을 근래 들어 자주 하고 있어요. 그래서 요즘은 쓰임이 있는 사람보다 자기 몫을 하는 사람에 대해 더 많이 생각해 보는 것 같아요.

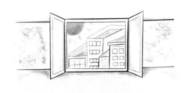

자기 자신을 돌보는 방법을 구체적으로 생각하는 게
새삼 이렇게 어려운 것인지 몰랐어요.
고민 끝에 자기 자신을 돌보는 방법은
결국 나를 나답게 하는 방법과 같다고 생각했어요.
창문 열어서 바깥 공기도 마시고 구름도 보고 해도 봐요.
비가 내리는 날에는 괜히 팔도 뻗어 보고요.
먼지도 떨고 이불 빨래도 해요.

30. 요즘 지구 님의 가장 큰 고민은 무엇인가요?

수영이나 킥복싱을 배워 보고 싶은데 해보고 싶은 마음이 동기로 이어지지 않아요. 운동하는 데에 의미를 가지면 좋을 것 같은데 아직 그 의미를 찾지 못한 것 같아요. 마음먹은 대로 행동하지 못하는 것이 저의 고민이에요. 행동력이 부족한 것이 항상 저의 고민이었어요. 이럴 때는 정말 시작이 반이라는 말이 맞는 게, 시작하는 게 참 어려워요.

31. 2023년을 코앞에 두고 있는데요. 2022년은 지구 님에게 어떤 한 해였는지, 그리고 맞이하는 새해에 대한 어떤 기대를 갖고 있는지 궁금해요.

사실 그동안은 연말이나 연초나 또는 기념일 같은 날들이 특별하게 느껴지지 않았었어요. 제게는 그날이 그날이었거든요. 하루하루에 기대가 없었어요. 오늘도 어제 같고 내일도 오늘 같을 거라고 생각했었죠. 달력도 보지 않았었고 날씨도 보지 않았었어요.

그래도 2022년은 조금 달랐었던 것 같아요. 은둔하는 것을 자각하면서 생각과 마음이 양지로 나오게 된 것 같은 기분이 들어요. 2023년은 계속 동기 부여를 해서, 공부해서 시험도 보고 또 운동하는 습관

도 들이고 또 소소하게라도 사회 활동을 할 수 있게
되기를 기대하고 있어요.

"해가 바뀌는 것을 의식하며"

써니 님 어제도 안녕하셨어요? 또 한 번 제가 한 말을 지키지 못하고 이제야 지키게 되었습니다. 죄송하다는 말을 감사하다는 말에 감춰 봅니다.

써니 님, 기다려 주셔서 감사해요. 모든 질문에 답변을 마쳤습니다만 보완하고 싶다고 생각되는 답변이 몇몇 있습니다. 기회가 있다면 한 번 더 살펴보고 싶습니다. 오랜만에 해가 바뀌는 것을 의식했던 것 같아요. 마음이 성급해져서 덩달아 불안해졌던 것 같습니다. 은둔을 자각한 뒤로 한 번은 겪었어야 했던 불안이라고 생각됩니다.

써니 님 오늘도 내일도 안녕하세요.

"나를 지키는 홀로서기"

　　지구 님, 답변주어서 감사해요. 사람은 기대와 불안 속에서 자기 추를 움직이며 살아가는가 봅니다. 어떤 순간에는 기대로, 어떤 상황에서는 불안에 가깝게요. 추를 움직이는 여러 이유와 동력이 있겠지요.

추가 반원을 그리며 움직일 때마다 만나는 수많은 점들은 각기 다른 이름을 가지고 있을 것 같아요. 그 수많은 점들을 이어 진자운동을 하며 생기는 진폭과 진동이 때로는 나의 공기에 생채기를 남기는지도 모르겠습니다.

지구 님의 답변을 한줄 한줄, 귀와 눈과 마음을 열어 듣고 읽었습니다. 모든 답변을 같은 마음을 읽고 있지만, 이번 답변 중에서는 27번이 유독 기억에 남습니다. 은둔의 시간을 보내고 있는 분들에게 자기 자신을 돌볼 수 있는 정말 좋은 팁이 되겠구나 생각을 했어요. 지구 님과의 대화를 다른 분들에게도 들려드리고 보여드릴 수 있으면 좋겠다는 기대를 가져봅니다.

인터뷰에 대한 지구 님의 답변을 읽어보면, 독립적인 삶을 지향하면서 스스로 자신의 삶에 대한 주인의식을 갖길 바라는 지구 님의 마음이 많이 읽혀집니다. 그런 점에서 독립에 대해 생각해보았습니다. 독립은 누군가(상황)에게 예속되거나 의존하지 않는 상태로, 독자적으로 존재하는 것이라고 해요. 그리고 독립(獨立)은 한자로도 영어로도, 분리(separation), 고립(isolation)의 의미를 담고 있다고 해요. 그런 의미에서 독립은 좀 더 물리적인 느낌을 주기도 하고요. 그에 비해 독립과 비슷한 의미로 사용하고 있는 '자립'은 독립보다는 좀 더 정신적인 것을 강조하고요. 여기까지 살펴보았더니 지구 님의 '독립'은 아마도 자립의 의미를 포함하고 있다고 생각이 들었습니다. 반면에 누군가로부터, 무엇으로부터 물리적으로도 떨어져 분리되어 홀로 있고 싶은 욕구도 느껴집니다. 독립과 자립을 나누고 그 의미를 구분하고 찾다보니, 결국 중요한 것은 '어떤 마음으로 홀로서기를 해나갈 것인가?, 어떻게 나를 지키며 몸과 마음이 건강한 삶을 살 것인가?'라는 생각이 듭니다.

모든 질문에 정성스러운 답변, 감사해요.

다섯 번째 이메일 인터뷰
: 나의 나된 것

32. 지구 님은 주로 새벽에 이메일 답장을 하는 것 같았
어요. 밤을 새는 일이 종종 있나요? 아니면 낮과 밤
을 바꾸어 생활하는 패턴인가요? 반복되는 일상이
궁금합니다. 그리고 그 중 지구 님을 편안하게 해주
는 '나만의 루틴'이 있나요?

꽤 자주요. 밤을 새우게 되는 데에는 크게 두 가지의
경우가 있는 것 같아요. 하나는 시간이 가는 줄도 모
르고 무언가에 몰두할 때예요. 그리고 다른 하나는
어떠어떠한 이유로 잠에 들지 못할 때예요. 그런데
어떤 경우든 저는 밤을 새우게 되면 불안한 상태가
되기 쉬워서 가능하면 밤에 자려고 노력해요. 잠에
드는 시간은 들쑥날쑥해도 일어나는 시간은 보통 일
정한 것 같아요. 그래서 낮잠을 자주 자는 것 같아요.
일어나 있는 시간 동안에는 대부분 책상에서 시간을
보내요. 누워 있는 시간도 적지는 않지만요. 공부도

하지만 거의 미디어를 시청하거나 책을 읽어요. 무엇을 읽거나 보는지는 매일 다르고 또 그때그때 달라요. 완전 대중없어요. 전자책을 보다가 좋아하는 영화배우의 인터뷰 영상을 찾아보기도 하고 신문을 읽다가 오디오북을 듣기도 해요.

그런데 영 불안할 때는 그냥 자는 게 가장 빨리 편안해지는 방법인 것 같아요. 요즘은 늘 해 오던 생활인데도 불구하고 좀처럼 어떤 것을 해도 환기가 되지 않아요. 특이점이 온 것 같아요. 몸을 움직이는 생활을 해야겠다는 결심을 하게 되는, 그래서 실행에 옮기는 그 시기가 점점 가까워지고 있는 것 같아요.

33. 지구 님이 힘들고 지칠 때에도 '나를 나로' 존재하게 해주는 마지노선을 지키도록, 더 이상 나를 무너지지 않도록 스스로를 지탱해주는 신념이나 가치, 믿음이 있나요?

"마음먹기에 따라서 다르다." 라는 말이요. 이 말을 신념처럼 가지게 된 배경을 누구에게도 상처를 주지 않고 또 유별나지 않게 말하고 싶어서예요. 그런데 어려운 것 같아요. 그 말을 상기할 때마다 우선 제 마음이 아프기도 하고 저조차도 그 말이 와닿지 않을 때가 있거든요. 또는 그 말을 들으면 의지박약함이나 무력감이 들어서 몸부림쳐질 때가 있어요. 저는 제가 저를 죽이기도 하고 또 살리기도 하는 것 같아요. 저의 생각이 저를 살리기도 하고 또 죽이기도 하는 것 같아요. 저는 평소에 죽음을 가깝게 생각했었어요. 그러다 어느 날 '죽고 싶다'는 말에서 '이렇게 살고 싶지 않다'는 마음을 발견했어요. 제게 죽고 싶다는 말은 '절실하게 다르게 살아 보고 싶다'는 외침이었어요. '생각의 전환'의 힘을 그때 체감했던 것 같아요. 무언가의 끝을 다른 무언가의 시작이라고 생각할 수 있는 힘, 다른 시선으로도 바라볼 수 있는 그 힘을 기르는 것은 스스로에게 무척 도움이 되는 일이라고 생각해요.

저는 결혼하지 않겠다고 말하는 사람은 어쩌면 그 누구보다 결혼해서 안정된 생활을 꿈꾸는 사람일지도 모른다고, 날카로운 인상을 가진 사람은 어쩌면 무서운 사람이 아니라 상처를 많이 받은 사람일지도 모른다고, 인간관계를 형성하려고 애쓰지 않는 사람은 어쩌면 인간관계를 가장 중요하게 생각하는 사람일지도 모른다고, 이렇게 관점을 달리 가져서 생각해 보려고 노력해요. 그런데 정말 힘들고 지칠 때는 이렇게 생각을 전환할 여유가 없어요.

그래서 저는 평소에 이런 생각을 자주 그리고 깊게

해 보는 것이 중요하다고 생각해요. 그리고 그런 생각의 힘이 머지않아 제 자신에게 분명 도움될 거라고 믿어 의심치 않아요.

34. '나를 아는 것'은 정말 중요한 것이고, 그것은 매우 다양한 것을 포함하고 있는데요. 좋아하고 싫어하는 것을 구분해내기도 하지만, 가치와 신념을 가지고 의사결정과 행동양식에 영향을 미치기도 하고요. 장기적으로는 삶의 지향이나 목표를 세우는 것과도 연결되기 때문인 것 같습니다.

그렇지만 무라카미 하루키가 말한대로 '인생의 목적이 사랑받는 사람이 되는 게 아니라, 자기 자신이 되는 것'이라면 그 목적을 이루는 것도 결코 쉽지 않은 일 같아요. 어쩌면 우리의 삶 전반이 자기를 알아가는 순간의 연속이고 그 과정이 되겠구나 생각이 들기도 합니다. 지구 님은 자신에 대해 무엇을, 그리고 어느 정도 알고 있다고 생각하나요?

저도 삶이 자신의 자아를 통합해 가는 과정이라고 생각해요. 어느 한 과학자가 말하길 현재 우리는 뇌에 대해서 약 10퍼센트 밖에 모른대요. 그래서 저도 저에 대해서 딱 그만큼 아는 것 같다고 말하고 싶어요.

저는 딱 잘라서 말하기 어려운 사람인 것 같아요. 저는 생각이 자주 바뀌고 그래서 가치관도 자주 바뀌어요. 생각을 많이 하는 거에 비해서 실수도 잦고요. 저는 제가 불안정한 사람이라는 것과 그래서 배움을 통해 안정을 느끼고 싶어 한다는 것을 알아요. 그리고 생각보다 그런 제 자신을 꽤 아끼고 있다는 것도 아는 것 같아요.

35. 지구 님은 홀로 있는 시간을 좋아하고 독립적인 삶을 지향하는데요. 그리고 관계에 대해 더 이상 상처받지 않으려고 한다는 것과 관계에 대해 더 이상 큰 기대를 갖지 않으려고 한다는 의지가 선언적인 의미로 읽히기도 했습니다.

사회로 나가 사람들과 어울려 지내지만 적당히 거리감을 두고 선을 지키면서, 관계맺고 얽혀 지내기보다 어느 정도 분리된 나로 산다는 것이 편할 것 같기도 하지만 쉽지 않겠다는 생각도 들었습니다. 사람은 원하든 원하지 않든 끊임없이 누군가와 만나게 되고 만남은 관계를 만들고, 때로는 상황에 따라 타인에게 깊이 관여되면서 복잡해지기도 하니까요. 앞으로 자신의 삶에 대해 어떤 지향을 갖고 살고 싶은지 궁금합니다.

저는 인간관계를 잘 넓히는 것보다 잘 좁히는 것에

가치를 두고 살고 싶어요. 써니 님 말씀처럼 원하든 원하지 않든 사람들과 부대껴야 할 때가 있을 거고 또 저와 다르다는 것을 넘어서서 맞지 않는 사람들과도 협업해야 하는 경우가 생길 거예요.

그래서 우선적으로 저는 제 삶의 바탕이 될 저의 직업을, 무엇보다 제 적성에 맞는 직업을 가지는 게 무척 중요할 것 같아요. 사람과 관계 공부를 열심히 해야겠다고 다시 한번 다짐하게 되네요. 이 공부의 첫 번째 목표는 사람들을 대할 때 제 자신이 제 모습 그대로, 꾸밈없는 모습으로 사람들을 대하게 되는 것예요.

인간관계를 고민할 때마다 떠오르는 사람이 제게 한 명 있어요. 제가 첫 사회생활을 할 때였는데요. 그 사람은 자신의 의견이 다수의 의견과 달라도 의견 차이로 사람들과 충돌하거나 다투는 일이 없었고 특히 거절을 잘했는데 그럼에도 불구하고 모든 사람들과 친하게 지냈어요. 대부분의 사람들이 그 사람을 좋은 사람이라고 생각하고 있는 것 같았어요. 제 눈에도 굉장히 마음의 여유가 있는 사람으로 보였고요. 자주 마주치게 되면서 그 사람에 대해서 조금 더 알게 됐는데요. 그 사람은 타인을 부정하는 단어를 쓰지 않더라고요. 그래서 타인에게 상처를 주지 않는 사람이더라고요. 그리고 저는 동시에 많은 사람들이 평상

시에 타인을 부정하는 언어를 습관처럼 쓰고 있다는 것을 깨달았어요. 저도 그렇더라고요. 평생 노력해야 할 부분 같아요.

하지만 그것과는 별개로 저는 아무래도 저의 스타일로 좋은 사람이 돼야 할 것 같아요. 모든 사람들과 잘 지내는 것은 저에 비해 너무 원대한 목표라서 제게 맞지 않는 옷같고 제가 너무 힘들 것 같아요.

36. 지구 님은 심리학에 대한 관심을 갖고 공부도 하는 중인데요, 심리학은 인간의 마음과 행동에 대한 공부이기도 하지만, 더 나아가 인간관계나 의사소통에 대한 성찰, 환경에 대한 상호작용에 대한 연구잖아요. 지구 님이 심리학을 공부하며 자신을 상담해주게 되었다는 것은 과거와 현재의 자신과 직면하고 스스로에게 말을 걸어주는 과정이 되지 않았을까' 조심스럽게 추측해봅니다.

그런데 지구 님은 사람들과의 관계에 대해 회의적이기도 해요. 관계를 잘 만들고 잘 유지해야겠다는 큰 기대도 없는 반면, 심리학을 공부하면서 관계에 대한 학술적인 배움에 만족할 수 있었다는 고백에서 의문이 들었습니다. 지구 님은 관계맺기와 유지에 대한 지대한 관심이 없다고 했지만 사실은 심리학을 통해 '관계'에 대해 배우고 싶은 것은 아닐까요?

맞아요. 저는 혼자 있는 시간을 좋아하지만 혼자 있는 순간으로만 평생을 살아갈 수는 없다고 생각해요. 제 삶에 사람들과 어울리며 살아가는 순간도 있어야 한다고 생각하죠. 저는 사람이 아무 관계도 없이 살아갈 수는 없다고 생각해요. 저는 가정이라는 첫 사회와 이웃과 학교 등 유년 시절의 사회에서 사람과의 상호 작용을, 그 관계를 충분히 학습하지 못한 것 같아요. 특히 건강한 관계를 경험하지 못한 것 같아요. 공부하면서 긍정적인 입력과 출력을 그리고 그 기술을 배우고, 또 익히고 싶어요.

"내 자신과 잘 지내고 싶어"

써니 님 그동안 안녕하셨어요? 다섯 질문에 대한 답변을 모두 마쳤습니다. 그리고 지난주에 주신 질문에 대한 답변을 맥락에서 벗어나지 않고 추가하는 것 없이 전반적으로 어순이나 단어 등을 수정했습니다. 예외로 26번만 그 답변을 보완했습니다. 26번 질문에 답변하면서 11번 질문에 대한 답에 윤곽을 그릴 수 있게 되었습니다.

그때 저는 지칠 때로 지쳐 있기도 했지만 제가 저를 모르는 지경에 이르렀었던 것 같아요. 제 자신과도 잘 지내지 못하는데 사람들과 잘 지낼 리는 없는 거였어요. 불안이 많이 가셨습니다. 불안이 간접적으로 느껴집니다. 저의 안녕을 바라는 써니 님께서도 또한 안녕하시길 바랍니다.

써니 님, 오늘도 내일도 안녕하세요.

"나를 지키는 홀로서기"

　　지구 님, 한 주간 잘 지내셨죠? 이번 주에도 고심하며 답변해주시니 감사합니다. 제가 어제 하루는 메일을 열어보지 못해서 21번의 답변을 수정한 내용만 보게 되었네요. 어떤 부분에서 마음이 걸리셨을까 싶지만 마음이 가는대로 자연스럽게, 그 마음을 쫓아가는 지구 님을 응원하며 보내주신 답변을 꼼꼼히 읽어보겠습니다. 곧 다음 메일 드리겠습니다.

써니 님 27번 질문을 곰곰이 생각하다가 21번 답변이 계속 마음에 걸려서 새로 작성하게 됐습니다. 하지만 여전히 후련하지 않습니다. 21번과 27번을 나중에 한 번 더 살펴보고 싶습니다.

써니 님께 어떤 부분이 마음에 걸려서 답변을 새로 작성하게 되었는지 말씀드리면 좋을 것 같았습니다. 우선 21번과 27번 질문에 열심히 답변하고 싶어졌습니다. 21번 질문 '제 경험에 비추어 가족 사이에서의 지나친 의존 관계로 은둔하고 있거나 어려움을 겪고 있는 사람들에게 도움이 되는 얘기'와 27번 질문 '나 자신을 돌보는 방법'에 조금 더 근본에 가깝고 공감하기 편한 답변을 할 수 있다면 좋을 것 같다는 생각이 들었습니다. 전면적으로 수정하게 된 과정은 이렇습니다. 처음에는 '넘겨짚어 생각하는 사람들에게 특히, 그런 가족들에게 상처를 많이 받았었다.'라는 얘기부터 시작해서 '제가 생각하는 도움이 될 얘기'가 이 답변을 읽게 될 불특정 다수 중 그 누구에게도 상처 주지 않을 거란 확신이 서지 않아서 '어떻게 답변해야 될지 모르겠다.'라는 흐름으로 수정했었습니다. 하지만 결국 제 답변은 항상 개인적일 수밖에 없다는 결론에 이르러서 답변을 새로 작성해야겠다고 생각했습니다. 그런 과정에서 조금 더 근본적인 이야기를 해 보고 싶어졌습니다. 수정했지만 아직도 뭔가 부족하다는 생각이 듭니다. 제가 평소 하고 싶었던 말이 더 있었던 것도 같아서요. 그래서 21번과 27번 답변은 조금 더 생각해 볼 수 있으면 좋겠다고 생각합니다.

"잘 알고 깊이 사랑하기"

      지구 님, 안녕하셨죠? 메일 주실 때마다 답변 내용을 가급적 처음부터 다시 읽고 있지만 그래도 수정하신 답변에 대해서 언급해주어서 살펴 읽는 데 도움이 되어요.

어제는 날씨가 꽤 따뜻했는데 오늘은 공기가 많이 차가워졌어요. 코로나는 잠잠해진 것 같은데 독감이 유행한다고 하네요. 면역력을 관리해야 할 시기인것 같아요.

      이번에는 6개의 질문입니다. 편안하게 답변해주고, 지나간 답변에 보완해주셔도 좋습니다. 한 주도 건강하시고 평안하세요!

인터뷰가 계속 이어지고 지구 님의 생각을 쫓아 읽어가면서 문득 그런 생각이 들었어요. '나는 나에 대해서 얼마나 잘 알고 있지?', '나는 나를 얼마나 사랑하고 있지?'하는 생각 말이예요.

잘 아는 것이 곧 사랑하는 것과 같다고 할 수 없지만, 잘 알지 못하면 더 깊이 사랑할 수 없을 것 같았어요. 좋은 점, 자랑할 만한 점이 아닌 것들까지도 속속들이 알고 받아들이고 인정하고 있는지도요. 나 스스로의 한계, 연약함을 인지하고 인정하는 것이야말로 나의 또 다른 가능성을 열어주는 것이 될 것이라는 생각도 함께 들었습니다.

그러나 한편으로는 '나'라는 우주에만 머물러 있지 말아야겠다는 생각도 하게 되었어요. 두 우주의 대충돌은 엄청난 에너지 요동이 일어나서 입자와 빛의 소용돌이를 일으킨다는 우주론의 가설도 있는데, 다른 사람의 세계, 그 사람의 우주와 만나게 될 때의 충돌 역시 어마어마한 일이 될 수도 있으니까요. 어떤 에너지로 어떻게 바뀌고 변화할지 아무도 알 수 없는 일인 것 같아요. 그렇지만 어떠한 만남이나 충돌에도 나의 본 모습을 잃지 않으려면 역시 나의 중심이 있어야겠다는 생각도 이어 하게 됩니다.

스스로에 대한 중심 잡기가 되면 인생의 어떤 시소 위에 올라타더라도 내려가거나 올라가는 것을 두려워하거나 피할 이유가 없는데 말이죠. 시소 위에 올라타면 내가 항상 우뚝 솟는 것도 아니고 항상 무게만 잡을 수도 없다는 것을 곧 알게 되는데, 그 위에 있을 때는 그걸 잊고 그저 상대와 무게를 겨루며 팽팽해지려고만 하니 올라갔다 내려갔다 하는 시소의 묘미를 못 느끼죠. 내려갈 때가 있지만 한없이 내려가지 않고 땅에 발을 구르면 다시 낡은 타이어를 디딤대 삼아 튕겨져 마치 하늘 위로 올라가는 것 같은 재미를 놓치기도 하는 것 같아요.

　　이번 주도 지구 님이라는 우주를 잘 만나고 싶습니다.

여섯 번째 이메일 인터뷰

: 다시 안녕

37. 메일로 질문과 답을 하면서 매번 서로의 안녕을 기원했지만, 다시 한 번 묻고 싶습니다. 지구 님의 지난 한 주는 어땠나요? 안녕했나요? 기억에 남는 일이나 그냥 흘려보내고 싶지 않은 일이 있었나요? 기억을 더듬어봐 주세요. 사소한 것이라 생각되는 것도 괜찮습니다.

사실 저는 항상 안녕하지 못해요. 어릴 때 밤새 텔레비전을 켜 놓지 않으면 잠에 들지 못했던 누군가를 보고 이런 생각을 했어요. 항상 혼자서도 잘 지내는 사람이 되어야 한다고, 밤을 무서워하지 말아야 한다고, 고요나 적막과 잘 지내야만 한다고 말이죠. 그런데 이제는 그런 생각이 저를, 또는 제가 그렇게 생각하기 때문에 제 자신을, 안녕과는 먼 사람으로 스스로 만들고 있지는 않은 걸까 하는 생각이 들어요. 깊게 사유하는 것을 좋아하지만 그것은 또한 스스로를 현실과 동떨어지게 만드는 것 같기도 해요. 스스로를 생각 속에서 살게 만드는 것 같아요. 뭐든 적절할 수 있다면 참 좋을 텐데 말이죠.

관성에서 벗어난 어떠한 특별한 일이 있지는 않았어요. 지난주 저는 불안을 이기기 위해 잠을 선택했고 그래서 평소보다 잠을 많이 잤던 것 같아요. 밤낮을 구분하지 않으면서 말이에요. 잠이 무언가를 생산할 수 있었으면 저도 당장 생산적인 사람이 될 수도 있었을 텐데 하며 잠시 자조하고 말았어요. 여느 날 도서관에 책을 반납하러 다녀왔고 집에 오는 길에 오일장에 들러서 튀긴 닭을 사 왔어요. 맛은 없었어요.

38. 과거의 기억 속에 가장 기분 좋고 행복했던 기억을 한번 꺼내 봐 주겠어요? 반면에 지우고 싶었던 한 장면이 있다면 어떤 순간인지, 이유는 무엇인지 얘기해주세요.

가장 기분 좋고 행복했었던 기억이라, 이제는 얼굴도 기억나지 않는 친할아버지 손을 잡고 슈퍼마켓에 가던 기분이 제일 먼저 기억났어요. 가파른 오르막길이 힘들었지만, 존재로서 사랑받고 있다는 기분에 충만했었던 기억인 것 같아요. 또 하나 소중하게 간직하고 있는 기억이 있어요. 한 살 터울의 사촌 형제와 나라 이름으로 빙고 게임을 하며 놀았었던 기억인데요. 아프리카가 나라가 아니라 대륙이라는 것을 알게 된 그 순간을 영원히 잊지 못할 거예요. 저는 누군가가 가르쳐 주는 게 너무 든든해서 좋았고 그래서 행복했었던 것 같아요. 친할아버지께서 조금 더 오래 살아 계셨더라면, 사촌 형제와 조금 더 자주, 그리고 오래 볼 수 있었더라면 더 많은 추억을 가지고 있었을 텐데 너무 아쉽고 또 너무 그리워요. 가장 기분 좋고 행복했었던 기억을 떠올려 보는 것이 이렇게 즐거운 일이 될 줄은 몰랐어요. 그리고 동시에 행복했던 기억을 찾아 20년을 거슬러야만 했던 사실에 초라함을 느꼈어요. 그동안 무엇을 위해서 아등바등했었는지, 참 재미없게만 살았구나 싶은 생각이 들었어요. 그래도 지금 이 순간만큼은 저 좀 안녕한 것 같아요.

지우고 싶은 단 한 순간은, 정말 많은데 진짜 단 한 순간밖에 지울 수 없다면 동생을 때렸던 순간을, 그래서 동생에게는 제가 가해자였던 순간을 지우고 싶어요. 기억 속에서 장면을 지우고 싶은 게 아니라 실재했던 순간을 지우고 싶어요. 어떤 모습으로든 또 어떤 이유가 됐든 폭력을 쓰면 안됐어요. 커서 동생에게 사과했고 그래서 동생이 괜찮다고도 말했는데 저는 동생이 괜찮은지 잘 모르겠어요. 또 이대로도 괜찮은 건지 도무지 모르겠어요. 제 사과가 동생에게 보상이나 배상이 됐는지 모르겠어요. 괜찮은 것은 없는 것 같아요. 그냥 동생에게 미안해요. 동생이 묻지 않는다면 그래서 동생에게 직접 말하는 것이 아니라면 모든 말이 변명 같을 것 같아서 말을 이만 줄이려고 해요.

39. 사람들은 가끔 '만약에' 라는 가정을 하며 지나간 현실을 바꾸는 현실을 해보거나 아직 일어나지 않은 미래를 나의 기분좋은 상상으로 꾸며보기도 합니다. '만약에'라는 가정을 쓰고 싶은 시섬이 있나요? 과거도, 미래도 상관없습니다.

만약에 열네 살 때, 그때 제가 학업으로 도망쳤었다면 얼마나 좋았을까 하는 생각을 해 봐요. 그러면 적어도 제 자신이 덜 조각났을 것 같고 그래서 지금보다는 단단히 성장해서 덜 헤맬 수 있었을 것 같고 또 제가 가진 것이 지금보다 더 많았을 것 같아요. 학업 수준이든 인간관계든 뭐든 말이예요. 제게 제 자신보다 가정의 안위가 무엇보다 소중했을 때 아버지가 집 팔아서 공부시켜 주겠다고 했던 말이 그 어떤 말보다 그렇게 폭력적으로 들리지 않을 수가 없었어요.

어머니가 제 뺨을 때렸던 때보다 제 책을 다 찢어 놓았던 때가 더 아팠었어요. 제가 제 내면의 성장에 그리고 학업이든 뭐든 공부에 집착하는 것은 제가 그 과거에서 벗어나고 싶어 하기 때문이라고 생각해요. 이런 저를 누가, 그리고 무엇이 치료해 줄 수 있을까요? 오직 제 자신밖에는 없겠다는 생각이 들어요.

40. 우리 삶 속에도 관성이라는 것이 존재하는 것 같아요. 행동 패턴에서 나의 성향적 관성이 존재하기도 하고, 몸에 익숙하고 편한 관성이 생활습관을 길들이기도 하는 것 같습니다. 생각할 때조차도 관성적으로 비슷한 결말, 결론을 짓기도 하는 것은 아닌가 싶기도 합니다. 또는 변화를 꾀하려고 할 때에도 익숙한 어떤 것으로부터 벗어나기 어려울 때도 있고요. 지구 님의 관성은 어떤 것이 있나요?

저는 아주 많이 관성적인 사람인 것 같아요. 이제는 바뀌고 싶다고 생각해요. 정확하게 얘기하자면 이제는 다른 관성을 가지고 싶다고 생각해요. 저는 관성으로 살아가는 사람 같거든요. 저는 습관으로 살아가는 사람 같아요. 좋은 습관이 좋은 사람을 만드는 유형에 해당하는 사람인 것 같아요. 깊고 신중하게 생각해 보지 않아도 항상 선택을 잘하는 사람이 있는 반면에 저는 좋은 선택을 하기 위해 어떤 체계가 있어야 하는 사람인 것 같아요. 체계가 존재하지 않거나 체계가 무너져 있을 때, 또는 체계를 거치지 않았을 때 대부분 좋지 않은 선택을 했었던 것 같아요.

저는 외부의 일이든 내부의 일이든 또 실체든 사고든 항상 움츠러들어서 응축해요. 그리고 잘 참았다가 폭발시켜버려요. 글로 적으니 너털웃음이 나오네요. 그동안 인내했던 가치가 무색하게 한순간에 물거품으로 만들어 그 노력을 잃어버려요. 또 저는 어떨 때 보면 고난과 역경에 중독된 사람 같아요. 그것들을 피할 생각부터 하는 것이 아니고 받아들일 생각부터 먼서 하고 있어요. 완전 헛똑똑이 같아요. 이 모든 것이 제게 관성이 된 것 같아요. 늘 이 상태로 되돌아오게 되는 것 같아요. 무기력도 반복되면 학습된다더니 제게는 이제 그것도 관성이 된 것 같고요.

옛날에는 먼저 건강한 정신을 가져야 건강한 신체를 가질 수 있다고 생각했었는데 요즘 들어 어머니를 보고 그 반대를 믿게 됐어요. 건강한 신체에 건강한 정신이 깃드는 것 같아요. 항간에 이런 말이 있더라고요. 운동하는 사람 중에 질병으로 분류될 정도로 우울한 사람은 거의 없다고요. 진위 여부를 떠나 그렇게 그 말을 한번 믿고 싶어졌어요. 건강한 신체를 만드는 관성을 가지는 체계를 구축하는 데에 요즘 고민을 많이 하고 있어요. 아, 이렇게 매일매일 생각만 하고 있는 것도 또 생각하고 있다고 말하는 것도 지독한 관성인 것 같아요.

41. 지구 님과 인터뷰를 하면서 가족 안에서 있었던 일을 얘기해줘서 가장 가까운 사람들로부터 받은 상처로 힘들었겠다는 생각을 했었어요. 사람들과 깊은 관계를 맺지 않고 큰 기대감을 갖지 않은 것은 사람들과 무덕대고 잘 지내보려고 하는 애씀이 억지스럽고 버거워서인 것은 아닐까 생각했습니다. 그리고 상처가 관계에 대한 어려움과 은둔의 시간을 만든 것은 아닐까 싶었는데, 인터뷰를 계속 할수록, 지구 님 자신이 상처를 받는 것보다 상처주고 싶지 않은 마음이 더 큰 것 같다는 느낌을 갖게 됩니다. 모두에게는 아닐지라도 누군가에게는 꽤 좋은 상대로 기억되고 관계를 맺어가고 싶은 마음이 있나요? 그런 기대감이나 욕구가 있어서 사람들과 어설픈 관계를 이어나가고 싶지 않은 건 아닌가요?

이 질문을 읽고 또 읽었어요. 이 질문의 형상이 꼭 은 둔하고 있는 저의 과거와 현재와 그리고 미래가 한 번에 담겨 있는 자화상 같이 느껴져서요. 네, 맞아요. 그렇게 가족한테 상처를 받은 후에도 저는 지구와

달처럼 거리를 두고 사람들과 무턱대고 잘 지내보려고 계속 애썼어요. 그럼에도 불구하고, 사람에게 기대가 없어도 상처를 받을 수 있더라고요. 사람들 속에서 사람에게 제가 또 상처를 받고 있더라고요. 가까운 사람에게 받을 상처는 다 받았다고 생각했었고, 그 즈음에는 사람에게 어떠한 기대도 가진 적이 없었는데 어머니가 편찮으실 때 어머니의 형제로부터 "내가 너 같았으면 너네 엄마 정신병원에 보냈다.", "너네 엄마는 사회에 나오면 안 돼." 라는 말을 들었어요. 정말 환멸을 넘어서 동족에 대한 혐오감마저 들었어요. 제 자신조차 혐오스러워졌었어요. 제가 몸을 떨기 시작했을 때가 아마 그즈음이었을 거라고 생각해요.

저는 이제 다시는 상처를 주는 사람이 되고 싶지 않아요. 그것이 의지만으로 되지 않더라고요. 순간적이고 충동적으로 말과 행동을 통해 상처를 주게 되는 경우까지 확실하게 고치려면 학습해야 될 것 같더라고요. 그래서 저는 제가 사람과 사람이 하는 활동에 회의감을 가지고 있으면서도 모순적이게도 사람과 그 관계에 대해 공부하려고 하는 것 같아요. 저는 인간관계에 앞서 저 스스로 제대로 된 인간이 되고 싶어요.

42. 지구 님의 신념이 된, '마음먹기에 따라서 다르다.' 라는 말을 반복해서 읽어보았어요. 주로 이 말은 뜻때로, 기대되로 되지 않고 예상외의 결과나 상황을 만났을 때 자신의 마음을 다독이거나 또는 상대를 위로해야 할 때 쓰게 되는 것 같아요. 그리고 '기대와 다른 결과지만 그렇게 완전히 결론맺지 말자, 이게 끝은 아니야. 역전시켜보자. 다르게 해석해보자. 다른 결론으로 이어가보자.' 하면서 주먹을 불끈 쥐게 될 때도 있는 것 같아요. 그 신념이 잘 통했던, 성공적으로 생각의 전환이 되었던 경험을 소개해줄 수 있을까요?

뭔가 질문이 굉장히 역동적인 것에 비해서 제 답변이 건조할 것 같아서 제가 지금 좀 멋쩍은데요. 정말 뼈저리게 느끼고 생각의 전환을 직접적으로 성공했다고 체감한 적은 제가 죽음을 생각했을 때였던 것 같아요. 소설 『어린 왕자』처럼 보이는 게 다가 아니라는 생각을 조금 더 편안하고 친숙하게 할 수 있게 된 것 같아요.

"나와 오롯이 마주하는
질문의 시간"

써니 님, 그동안 안녕하셨어요? 6개의 질문에 답변을 모두 마쳤습니다. 조금 더 생각해 보겠다던 21번, 27번 질문은 아직 수정하지 않았습니다. 시간이 있다면 조금 더 고민해 보고 싶습니다.

11번 질문에서 26번 질문으로 그리고 마침내 41번 질문에 이르러서야 비로소 제 자신을 오롯이 마주하게 된 것 같습니다. 저의 파편들을 모을 수 있게 된 것 같습니다. 앞선 5번 질문에서 답변한 내용이지만 한번 더 써니 님에게 제 마음을 전하고 싶습니다. 제가 제 자신을 포기하지 않도록 그리고 저다울 수 있도록 그래서 주체적일 수 있도록 충분히 기다려 주시고 여기까지 이끌어 주신 인터뷰어 써니 님에게 진심으로 감사를 드리고 싶습니다.

써니 님 새해 복 많이 받으세요. 그리고 오늘도 내일
도 안녕하세요.

"당신의 시작,
용기내었던 그 마음으로부터"

      지구 님, 안녕하셨죠? 오늘 답변과 답장도 감사드려요. 인터뷰를 통해 지구 님 스스로의 모습을 찾아갈 수 있다고 하셔서 정말 다행이예요. 인터뷰를 요청하기로 마음 먹은 그때, 지구 님의 '시작'이 시작되었다고 생각해요.

보내주신 답변의 글은 찬찬히 읽고 다음 질문을 준비해서 연락드릴게요. 그때까지 몸과 마음 평안히 지내셔요.

      지구 님에게 질문을 보낼 때마다 반복적으로 하는 생각이 있습니다. 혹시나 질문을 받고 아픈 기억과 상처가 되살아나고 그것 때문에 많이 힘들어지는 건 아닌지 하는 걱정어린 마음입니다.

때로는 지구 님의 답변을 읽으며 그런 걱정이 되살아

날 때도 있지만 한편으로는 지구 님이 스스로를 잘 다독이고 있다는 느낌도 받아 다행이라는 생각이 들기도 합니다. 고맙습니다.

지구 님이 무뎌진 하루를 세우고, 원하면 언제든 발끝에 힘을 주고 일어서서 신나게 달릴 수 있을 만큼 단단해지실 수 있기를 오늘도 여전히 응원합니다.

5개의 질문을 보냅니다. 지구 님의 마음 속 깊이 닿는 질문이 되기를 바랍니다. 편하게 답해주세요. 그럼, 이번 주도 평안을 빕니다.

일곱 번째 이메일 인터뷰
: 불안과 고민의 쳇바퀴에서 내려오기

43. 지난 주 지구 님은 불안을 이기기 위해 잠을 청했다
고 했는데, 무엇에 대한 불안이 있었나요? 일시적인
것인가요? 아니면 이유 없이 반복되는 익숙한 불안
인가요? 잠에서 깨어나면 잊혀지거나 해소되나요?

2023년에는 변해 보겠다던 마음가짐이 1월 내내 흔
들려서 불안했던 것 같아요. 아무리 겪어도 불안 앞
에만 서면 의연해지기가 참 어려운 것 같아요. 잠자
고 일어나면 불안이 좀 멀리 있는 것처럼 느껴져요.
불안이 간접적으로 느껴질 때 저는 불안을 분석해서
해소하는 편이예요. 불안을 정면으로 마주하기 힘들
때는 대개 잠을 자는 것 같아요.

44. 지구 님은 매일 고민이 많은 게 고민이라고 했는데
고민이 고민에서만 맴돌고 더 앞으로 나아갈 수 없
는 이유 중 하나는 불안이 아닐까요? 실패할 것에
대한 두려움과 불안, 뭔가 시도하기 전으로 돌아올

것 같은 불안 같은 것이 있지 않을까 싶어요. 어떻게 생각하나요?

앞날에 아주 불안이 없다고 하면 거짓말인 것 같아요. 그런데 그게 제가 고민만 하게 되는 주요인이 되는 것 같지는 않고요. 그것보다는 단순하게 그냥 실천력? 실행력? 음, 행동력이 없는 게 주요인인 것 같아요. 바보 같은 말일지도 모르지만 생각을 실천하는 방법을 잘 모르겠어요. 그냥 하면 된다는 걸 아는데, 막상 그 행동이 필요할 때 이런 생각을 떠올리지 못해요. 미루는 것 같기도 하고 무기력한 것 같기도 한데 저도 잘 모르겠어요.

45. 상처받은 나를, 연약한 나를 치료할 수 있는 것은 내가 아닐까 싶다고 했는데요. 내 모습을 인정하고 스스로를 주체적으로 곧추세우며 다른 사람과 환경에 휘둘리지 않는 그야말로 '내 인생'을 살 수 있도록 하는 것은 결국 '나'여야 가능하다는 의견으로 이해했습니다.

그리고 나를 치료할 수 있는 것은 나밖에 없다는 것은 다른 한편으로는 '믿을 수 있는 사람이 없다, 그래서 때로는 나도 의지하고 기댈 사람이 필요하다, 그런 누군가가 있었으면 좋겠다.'라고 하는 지구 님의 숨겨진 속마음은 아닐까 조심스럽게 추측해봅니다.

비장한 각오 같기도 하지만 외로움이 느껴지는 대목이기도 했습니다. 어떤가요?

저는 최소한의 관계만 맺으며 살아가고 싶다고 생각하는데요. 아마 아주 조금의 외로움도 없었더라면 이마저도 할 생각을 하지 않았을 것 같아요. 인터뷰를 할수록 어째 뭐가 더 어려워지는 것 같아요. 구체적으로 생각해 보게 되어서 그런 것 같아요. 최근 15일 동안 제가 어떤 관계를 맺으며 살아가고 싶은지를 고민하는 데에 정말 많은 에너지를 소모하고 있어요. 저도 좀 가볍게 생각하고 또 가볍게 사람들을 대하고 싶다는 생각도 들고 좀 재미있게 삶을 살고 싶다는 생각도 들고 그래요. 가장 행복했었던 기억을 추억하면서 동시에 초라함을 느낀 것이 이렇게까지 몰입하여 고민하게 된 계기가 된 것 같아요. 써니 님에게 인터뷰를 받으면서 공부로 배우는 것과는 또 다르게 사람과 관계를 배워 가고 있는 것 같아요.

46. 체계는 지구 님에게 있어서 좋은 선택을 위한 필수적인 요건으로 들리는데요. 지구 님이 얘기하는 체계란 어떤 것을 뜻하는지 구체적으로 설명해줄 수 있을까요? 그리고 '좋은 선택'이란 좋은 결말과 같은 뜻인가요?

저는 제 내면이 무척 불안정하다고 느껴져서요. 그래

서 인식과 판단에, 하물며 상호작용하는 데에 어떤 사고 체계를 구축함으로써 같은 실수를 하지 않고 올바른 선택을 하고 싶어 하는 것 같아요.

좋은 선택과 좋은 결말은 구별된다고 생각해요. 또 좋은 선택이 항상 좋은 결과로만 이어지지는 않는다고 생각해요.

47. '중독된 고난과 역경, 반복된 무기력'이라고 표현하는 것을 보면서, 지구 님에게 그 동안의 삶이 녹록치 않았다는 것을 느낄 수 있었습니다. 지난 번에도 말했지만, 쉽사리 헤어나오기 어려운 고난의 쳇바퀴에서 내려오는 방법의 하나로 '건강한 신체 만들기'를 목표로 삼은 것 같아 무척 기대가 됩니다. 응원합니다.

수영이나 킥복싱과 같은 운동 외에도 생체리듬을 좀 더 건강하게 유지하는 방법(예. 햇빛쬐기, 일정한 기상, 음주/흡연/카페인 자제 등)이 건강에 도움이 된다고 하는데요. 시도해볼 만한 것이 있을까요?

지금 써니 님이 말씀해 주신 예시는 모두 하고 있어요. 집에 햇볕이 내리쬘 때마다 가서 볕을 느끼려고 누워 있고요. 자는 시간은 일정하지 않아도 일어나는 시간은 일정해요. 때문에 낮잠을 자주 자게 되지만요. 저는 음주나 흡연, 그리고 카페인도 일절 하지 않아요. 답변만 보면 제 생체 리듬은 정말 건강해 보이네요.

"공부가 되는 시간"

　　써니 님 안녕하세요. 21번, 27번 답변까지 보완
을 마쳤습니다. 자기 자신을 돌보는 방법을 묻는 질
문이 지금까지의 질문 중 가장 어려웠습니다. 하지
만 언제나 공부가 되는 시간입니다.

써니 님 오늘도 내일도 안녕하세요.

"질문하고 해답을 찾아가는 시간,
함께"

    지구 님, 메일 답장이 늦어져서 미안하게 되었습니다. 지금까지 지구 님과의 질문과 답변, 오고 갔던 대화의 흐름을 다시 한번 되짚어보았습니다. 그러면서 저도 지구 님을 알아가게 되었고, 지구 님도 질문을 생각하고 글로 답변하는 과정을 통해 스스로에 대해서 고민하는 시간이 된 것 같아서 함께 지나온 시간이 참 고마웠습니다. 그런데 이쯤에서 앞으로의 진행방식에 대해 고민이 생겨 나누려고 합니다.

    지금까지 저는 지구 님의 사전 소개를 통해 몇 가지 기본적인 질문을 했고 지구 님이 답변하는 내용에서 그 다음 질문을 이어갈 실마리를 얻고는 했습니다. 그런데 지금까지 해온 질문과 답하는 방식을 이어가기 위해서는 제가 지구 님을 조금 더 알아야 가능하다는 생각이 들었습니다. 그래서 진행 방식에 약간의 변화를 주면 어떨까 싶습니다.

　　우선, 인터뷰의 전반부를 이렇게 일단락하고 후반부는 질문과 답변의 방식이 아닌 편지의 방식으로 인터뷰를 이어나가면 어떨까 생각이 들었습니다. 질문과 질문 사이의 공백을 좀 줄이고 맥락을 이어가는 대화를 하기가 좀 더 좋지 않을까 싶습니다. 일반적인 인터뷰의 형식에서 좀 탈피해서 긴 호흡의 대화로 이어가는 인터뷰가 되면 어떨까 생각합니다. 지구 님의 의견도 듣고 싶습니다.

여덟 번째 이메일 인터뷰
: 변화하려는 나

48. 1월은 새로운 변화에 대해 마음먹고, 때로는 그 다
짐이 흔들리고 다시 뒷걸음질치기도 하는 다소 불안
함이 있는 시기같아요. 지구 님도 그런 불안함을 느
꼈다고 했구요. 불안함을 뒤로 하고 시작한 2월이 벌
써 열흘이나 지났네요. 2월은 어떻게 보내고 있나요?

시험일까지 얼마 남지 않아서 시험 공부를 하면서
시험 준비를 하는 데 대부분의 시간을 할애하고 있
어요. 증명사진을 꺼내는 등 조금씩 꿈틀거리고 있는
제 모습이 마음에 들어 요즘은 의욕이 있는 기분으
로 하루하루를 보내고 있어요.

1월은 그런 시기가 될 수도 있군요. 보편적인 사실에
안도가 되고 위안과 힘을 받습니다.

49. 지구 님은 변화의 주체로서 '나'에 무척 집중하고
있는데요. 요즘 지구 님이 집중하고 있는 '나'의 내면

의 소리는 무엇인지 궁금합니다.

최근에는 사람들과 상호작용하는 방법 등에 대해 집중하고 있어요. 그동안 몰랐었는데 저는 사람들과의 대화를 주로 정보를 전달하거나 교환하는 수단으로 여기며 살아왔던 것 같아요. 그리고 어머니와 대화할 때의 저의 모습과 일상에서 사람들과 대화할 때의 저의 모습이 아주 다르다는 것을 얼마 전에 불현듯 자각하게 됐어요. 어머니와 대화할 때는 딱히 정보를 전달하거나 교환하려고 하지 않는 것 같아요. 오롯이 생각이나 감정 등을 표현하는 데 있어서 조금 더 제 자신과 어머니에게 솔직하려고 하고 그런 감정들을 어머니와 나눠 보려고 하는 것 같은데 사람들과 대화할 때는 그러지 않는 것 같아요. 대부분의 사람들한테 저는 솔직하지 않은 것 같아요. 어머니와는 꽤 친밀하고 사람들과는 친밀하지 않아서 그러는 것 같기도 한데 그래도 그 간극이 온수와 냉수처럼 차이가 심해서 요즘 아주 골똘히 생각해 보고 있답니다.

50. 앞선 11번 질문을 통해 질문했듯 왜 그동안 사람들과 깊게 관계를 맺지 않으려고 했는지 질문했을 때 대답하기 어렵다고 했는데, 45번 질문의 답변에서도 역시 최소한의 관계만 맺으며 살아가고 싶다고 했습

니다. 물론 최소한의 관계란 깊이보다 확장성 측면에서의 답변인지도 모르겠습니다. 그러나 여전히 사람들과의 관계에 있어서 회의적이거나, 다소 소극적인 태도를 가지고 있다는 생각이 들기도 합니다.

최근 보름 안에 집중적으로 고민하는 '관계'에 대해서 어떤 결론을 내렸는지, 앞으로 어떤 관계를 맺으며 살아가고 싶은지 궁금합니다.

11번 질문에 대한 생각은 41번 질문에서 크게 한 번 도약한 것 같아요. 41번 질문에서 제 자신은 정말 도움이 필요했었다는 것을 다시금 깨달을 수 있었어요. 무엇이든 모든 것을 혼자서 해야 하고, 할 수 있다고 굳게 생각해 왔었어요. 오직 저의 일이고 저의 삶이지만 그럼에도 불구하고 어쩌면 혼자서는 할 수 없는 일이 있을 수도 있다는 것을 조금은 믿을 수 있게 됐어요. 그리고 정말 위로가 됐어요. 그래서 지금도 가끔 아무런 이유 없이 종종 41번 질문을 읽으러 문서를 열고는 해요.

이런 답변을 드리게 되어서 부끄러운데요. 구체적으로 인간관계에 대해서 충분한 생각을 하지 못했다고 생각해요. 그래서 결론도 내리지 못했고요. 아무래도 제가 살아있는 동안에 끝맺지 못할 것 같은 예감이 들어요. 살아있는 동안에 끊임없이 생각하고 고민해

봐야 하는 것 같아요. 제게 인간관계는 그런 주제가 되어버린 것 같아요.

저는 제가 사람들과의 관계에 있어서 긍정적인 경험이 많지 않아서, 또는 사회성을 충분히 배우지 못해서 인간관계에 회의적인 줄로만 알고 있었어요. 그런데 인터뷰를 하면서 제가 인간관계에 회의적인 것에는 단순히 긍정적인 경험이 많지 않고 사회성을 충분히 배우지 못해서가 아니라 훨씬 복잡하고 어려운 문제가 있다는 것을 알게 됐어요. 인터뷰하는 동안 어머니와 대화를 많이 했어요. 어머니에게 주로 제어릴 적 모습에 대해서 물어봤어요. 어떤 성장 과정을 거쳤는지, 제게 어떤 인상적인 일이 있었는지, 어떤 성향의 아이였었고 무엇을 좋아했었고 무엇을 잘했었는지 등등에 대해서 얘기를 나눴었던 것 같아요. 그러면서 저의 발달 과정을 조금은 들을 수 있게 되었는데요. 완전한 추론은 아니지만 그냥 저는 이미 형성된 성격이 그런 것 같아요. 사람들과 어울리는 것을 좋아하지 않고 인간관계 형성과 유지에 큰 관심이 없으면서 또 힘들어 하는, 말 그대로 사회성이 좋은 성격이 아닌 것 같아요. 그런 제가 이제는 사회적으로 생존하기 위해서는 사회성을 갖춰야 한다는 필요성을 인지하고 있고, 또 부딪혀 보기로 마음

먹고 있어요. 이제는 관조하기보다 관계 맺기에 도움이 되는 공부도 하고 사람들과의 대화도 병행하면서 직간접적으로 다양하게 노력해 보려고요. 저는 저답게 살아가면서 저다운 인간관계를 형성하고 유지하면서 또 저다운 건강한 사회 구성원이 되고 싶어요. 그동안 인터뷰를 이끌어 주셔서 정말로 감사합니다.

"충분한 위안과 도움,
새로운 도약의 시간을 향해"

써니 님 그동안 안녕하셨어요? 우선, 컨디션이 회복되셔서 정말 다행입니다.

그러시군요. 네, 좋은 생각인 것 같습니다. 저도 이제는 시험을 계속 보게 될 것 같아서 마침 조금 걱정이 되기 시작하던 차였습니다. 다만 저는 50개의 질문을 통해서, 특히 41번 질문을 끝으로 제가 써니 님과의 인터뷰를 통해 이루려던 목표는 이룬 것 같다고 생각합니다.

물론 인간관계 그 자체에 대해서는 끝맺지 못했지만 써니 님 덕분에 인간관계는 제가 스스로를 고립하게 만든 바탕이었다는 것을 알았으니까요. 목표를 이룬 동시에 제게 또 다른 동기 부여가 되었다고 생각합니다. 그리고 동시에 써니 님과 인터뷰하는 동안 충분한 위안과 도움을 받았기 때문에 제가 어제 하루도 의욕을 가지며 지낼 수 있었다고도 생각합니다. 감사합니다.

편지의 형식이라면 메일을 주고받는 형식인지, 제가 잘 이해하지 못했습니다만 아무튼 저도 써니 님과 이야기를 할 수 있는 데까지 해 보고 싶습니다. 긴 호흡의 대화라고 말씀하시니, 제가 그동안 인터뷰를 받으면서 써니 님에게 드리고 싶은 질문들이 드문드문 있었던 것이 기억났습니다. 써니 님은 어떻게 생각하는지 등등이 궁금하기도 했었는데, 실례가 되지 않는다면, 또 번거롭지 않으신다면 인터뷰를 일상에 스며들게 만들어 연락을 주고받는다는 느낌으로, 또 가끔은 제가 써니 님께 질문해 써니 님의 말씀을 들을 수 있는 그런 형식으로 인터뷰를 해 보는 것도 신선한 시도가 될 수 있을 것 같다는 의견을 드려 봅니다. 물론 써니 님께서 제게 질문하는 것이 가장 중요하지만요.
그동안 감사했습니다. 써니 님도 무엇이든 편하게 말씀해 주세요.

써니 님 오늘도 내일도 안녕하세요.

"50번의 질문과 답, 조금씩 더 가까이"

지구 님, 답장 고맙습니다. 50번의 질문과 답이 오가는 동안 지구 님의 고민에 대해 조금이나마 가까이 갈 수 있게 되어서 다행입니다.

시험 준비를 하며 새로운 시작을 준비하는 모습도 기분 좋은 느낌이 들어 좋았습니다. 새로운 도전은 참 좋은 것 같습니다. 결말은 어떻든지 간에 시작할 수 있는 용기, 그 자체로도 '시작하는 나'를 응원하고 다독일 수 있어서 좋습니다.

후반전의 인터뷰는 긴 호흡의 편지와 같이, 질문과 답이라는 개별화된 틀에서만 소통하지 않고(물론 내용상 이어지는 질의응답이었지만) 편지글처럼 조금 긴 호흡으로 대화를 이어가면 어떨까 했습니다.

아주 평범한 일상부터 고민의 깊이나 앞으로의 삶의 방향 등, 다양한 주제의 이야기를 자유롭게 적어나가고, 서로에게 던지고 싶은 질문도 포함해도 좋겠습니다. 번호를 붙여가며 질문했던 방식에서 조금 열린 방식으로 대화하면 어떨까 싶었습니다. 그리고 편지 주기도 여유롭게 해도 좋지 않을까 싶습니다.

지구 님도 시험 준비에 부담되지 않도록 편지의 길이나 내용, 주제에 부담없이 자유롭게 이 대화가 이어나갈 수 있으면 좋겠습니다.
고맙고 감사한 마음으로 전반전을 마치고, 지구 님과 조금 더 편안한 대화를 이어나갈 수 있기를 기대해봅니다.

지구 님, 이번 주도 평안하기를 바래요.

써니 드림.

아직 끝나지 않은 인터뷰,
전반전을 마치며...

스물일곱, 존재만으로도 반짝거리는 젊음의 지구와 이메일로 주고 받는 릴레이 인터뷰 전반전을 마쳤다. 대략 두 달 반에서 세 달 가까운 시간이었다. 인터뷰를 진행하며 나는 오십 번의 질문을 하고 지구는 오십 번, 아니 그 이상의 답을 했다. 여덟 번의 이메일 인터뷰가 진행되는 동안 마흔 두 통의 이메일이 오고 갔다.

인터뷰를 위해 메일함을 열 때마다 처음 지구가 보냈던 '안녕하세요. 은둔 청년 릴레이 인터뷰를 받고 싶습니다'라는 제목의 이메일이 항상 가장 먼저 눈에 띄었다. 그리고 처음 그 메일을 받아보았을 때 느꼈던 고마움을 되새기곤 했다. 새로운 메일을 읽을 때도, 답장을 써야 할 때도, 그 다음 질문을 해야 할 때도, 그 메일을 읽는 것부터가 나의 시작이고 루틴이 되었다.

은둔을 인식했을 때 투명했던 자신이 비로소 불투명해진 느낌이 들었다는 지구의 예쁜 솔직함, 뭔가 해야 한다고 생각하며 두 달을 고민하고 끙끙거리다가 결국 인터뷰에 참여하고 싶다며 메일을 보낸 지구의 다짐, 4년의 은둔의 시간보다 더 긴 시간을 가슴속에 묻어두었던 상처, 그리고 그 상처 위에 굳어버린 딱지가 떨어지고 남은 흉터까지 '툭'하고 드러낸 용기까지, 그녀의 답변 한줄 한줄을 눈과 마음으로 읽어내려가며 여덟 번의 인터뷰를 진행했다.

긴 시간과 횟수보다 더 어렵게 느꼈던 점은, 지구를 볼 수 없다는 것이었다. 직접 만나 얼굴과 표정을 보고 싶었다. 어떤 목소리인지 듣고 싶었고 서로의 눈빛을 보면서 함께 호흡하며 대화하고 싶었다. 대화 중의 쉼표와 공백은 무슨 의미인지 생각하고 되묻고도 싶었다. 그런 생동감있는 인터뷰를 하기 어려우니 혹시나 지구를 이해하는데 부족한 부분이 생기고 질문을 이어가는데 초점을 잘 맞추지 못할까봐, 그게 늘 조심스러웠다.

그러나 질문을 만들고 이메일을 보낸 후 답을 기다리며 지나는 일주일이라는 공백이 지구의 답을 상상하고 나를 되돌아보게 하는 시간이 되었다. 설레임이 있는 공백이었다. 마치 지구의 인생, 그 행간을 읽는 듯한 시간이었다. 인터뷰는 어려웠지만 과정은 고마웠다.

첫 번째 인터뷰의 이메일을 읽을 때부터 지구의 답변은 가슴 아팠다. 나의 아픔이자 우리 가족의 깊은 상처가 지구의 답변 위에 떠올랐기 때문이다. 폭력적인 아버지와 그 앞에서 무기력하고 연약한 어머니, 어머니를 지켜주려고 아버지 앞을 막아섰던 어린 지구의 모습이 눈 앞에 펼쳐졌다. 무척 괴로웠다. 지구의 상처와 고통 앞에서 나는 그것에 무척 가까워지는 감정으로 차올랐다. 어머니가 화장실에 들어가 물을 틀고 울 때를 얘기할 때는 지구를 따라 내 가슴도 쿵쿵 내려앉았다. 마치 우리 엄마가 아버지의 멈추지 않는 폭력에 맞서다, 우리는 이모 집으로 보내놓고 본인은 정작 동생들이 다니던 집 근처 초등학교 운동장 한쪽 구석에 있는 등나무가 늘어진 돌의자에 앉아 그날 밤을 꼬박 앉아서 샜다는 것을 알게 되었을 때

가슴이 저만치 떨어져 내려앉았던 것처럼 말이다.

　　지구와 나는 닮은 꼴이 많았다. 비슷한 경험을 했고 비슷하게 아팠다. 그녀는 생각이 많았고 끊임없이 고민했다. 상처받았던 날들을 이야기했지만, 사실 누구보다 상처주고 싶지 않은 사람이었다. 자신은 연약한 존재라고 했지만 누구보다 자신을 사랑하고 싶어하는 사람이었다.

물론, 다르기도 했다. 그녀는 혼자가 편하고 좋다고 했지만, 나는 때로는 혼자이지만 사람들과 함께 하는 시간도 좋아한다. 지구는 자신을 향한 어머니의 지나친 의존이 힘에 겨워 어머니를 떠나기도 했지만, 우리 엄마는 꽤 독립적인 분이어서 함께 살지만 지나치게 자신에게 관여한다 느끼면 분명한 거부의 사를 밝히곤 하신다. 엄마와 나는 때로는 서로에게 의지하고 때로는 서로를 돌보면서 서로에 기대어 살아간다고 느낀다. 때로는 아무것도 아닌 말로 상처주고 상처받으며 한발짝 떨어져 있다가 성나고 모난 마음을 가라앉히고 평안을 기도하면서 다시 한 발 가까워지기도 하면서, 그렇게 아웅다웅 함께 살고 있다.

지구와의 인터뷰는 전반전을 마쳤다. 축구도 아닌데 전반전이라니 이상하지만, 그동안 오갔던 질문과 답, 우리의 대화를 다시 읽어내려가며 숨을 고르는 휴식도 긴장감을 푸는 쉼표도 필요하다고 느꼈다. 그리고 그 다음은 지구의 말대로 일상이 스며든 인터뷰로 이어가려고 한다. 전반전의 대화가 그저 관념적인 것이 아니었음을 우리 스스로 확인하기 위해 일상 가까이 끌어다놓고 싶어졌다.

그 지구와의 인터뷰, 그 후반전은 계속되고 있다.

은둔과 고립,
사회적인 대응이 필요할 때

2022년 한국보건사회연구원은 '고립의 사회적 비용과 사회 정책에서의 함의' 연구에서 사회적 고립을 새로운 사회적 위험으로 주목하여 고립의 사회적 비용을 추산하였다. 곤란한 일이 있을 때 도움을 요청할 지지체계가 없는 국내 고립 인구의 비율은 2019년 기준 21.7퍼센트로 OECD 가입국 중 가장 높은 수준이며, 한 사람이 그런 상태로 고립되었을 때 행복 수준을 회복하기 위해서는 가구 소득의 4.79배가 필요하다는 연구결과를 내놓았다. 또한 한 청년이 만 25세에 은둔을 시작하여 독립적인 경제활동을 개시하지 않고 빈곤한 상태로 공공부조를 받는다고 가정하였을 때, 은둔의 경제적 비용은 1인당 약 15억 원에 달한다는 사회적 비용을 추산하였다. 이는 일본에서 추산한 사회적 비용에 근거를 가지고 있는데,

만25세부터 65세까지 납세하지 않고 사회보장을 받을 경우에 들어가는 비용이 1억 5000만엔(약 15억 8000만원) 정도라는 계산이다. 포스트 코로나 시대를 맞이하며, 새로운 사회적 위험으로 등장한 사회적 고립에 대해 우리 사회가 적극적으로 관심을 기울여야 할 때라는 것에는 누구도 이견이 없을 것이다.

국무조정실은 청년기본법에 따라 2022년 7월부터 8월까지 만 19~34세 청년 가구원을 포함한 1만 5000 가구를 대상으로 실시한 '청년 삶 실태조사' 결과를 2023년 3월, 국무회의에서 보고했다. 소위 '은둔형 외톨이'라고 불리는 청년 인구가 24만 4000명 규모로 추산된다는 한국 정부의 첫 실태조사 결과였다. 이 실태조사는 청년의 삶 전반에 대한 공식 조사로, 주거·건강·경제 등 8개 항목을 묻는 방문 면접 조사 형식으로 진행됐다. 이 중 외출 빈도를 묻는 질문에 '보통은 집에 있다'고 답한 경우를 은둔 집단으로 규정했는데, 임신·출산·장애 등의 특별한 이유 없이 거의 집에만 있다고 답한 은둔형 청년의 비율은 2.4퍼센트였고, 이를 국내 청년 인구에 적용하여 약 24만 4000명 규모의 은둔형 외톨이 인구가 추산되었다.

이 조사가 중앙 정부 차원의 공식적인 실태조사라고 할 수 있지만, 이 또한 1만 5천명을 대상으로 표본조사하여 전국규모를 추산한 것이기에 전수조사 결과와는 상당한 차이가 날 수 있다.

은둔과 고립의 문제와 관련되어서는 중앙 정부의 실태조사가 있기 전 지방자치단체가 먼저 앞서 나갔다. 2019년 광주시가 최초, 이후 2021년에 부산시(7월)가 은둔형 외톨이 지원조례를 만들었고, 서울시에서는 2017년 김미경 의원이 최초 발의한 은둔형 외톨이 지원조례안을 '사회적 고립청년 지원에 관한 조례'로 바꾸어 은둔형 외톨이보다는 보다 포괄적인 개념으로 지원 대상을 넓혀 조례를 제정(2021.12)하였다. 2022년에 중앙정부 차원으로는 2023년부터 구직 단념 청년들이 구직 프로그램을 이수할 경우 300만원의 도약 준비금을 지원하는 예산을 반영하기로 하였는데, 이는 사실상 은둔형 외톨이보다는 니트(NEET: Not currently engaged in Education, Employment or Training) 청년들을 위한 지원책이라고 할 수 있다.

서울시는 2020년부터 고립·은둔 청년 지원사업을 시행하고 있는데, 권역별 6개 청년이음센터를 통해 사회적 고립척도를 개발하고(2021년), 고립·은둔 청년을 위한 심리 상담 및 소규모 공동생활을 추진하는 등 고립·은둔 청년을 위한 맞춤 지원을 진행 중에 있다. 서울시의 고립·은둔청년 지원 종합대책은 1)발굴부터 사회복귀까지 원스톱 지원·관리, 2)고립·은둔에서 벗어나도록 따뜻한 응원 분위기 조성, 3)2025년까지 지역단위 대응 집행 로드맵 마련 등 3가지 방향으로 추진될 예정이다.

광주광역시를 시작으로 여러 지자체의 조례 제정과 실태조사, 최근 중앙정부의 실태조사와 민관의 정책 마련과 지원활동 등 코로나를 지나오며 부쩍 사회적 관심이 커지고 있는 부분은 무척 고무적인 현상이라고 할 수 있다. 그러나 은둔형 외톨이라고 일컫는 고립·은둔청년의 연령을 만19세에서 39세로 제한하여 사실상 20대와 30대의 청년들을 위한 지원책이라고 할 수 있다. 광주광역시 은둔형외톨이 실태조사(2020년)에 따르면 은둔 경험자의 40퍼센트는 청소년기에 은둔하기 시작한다고 하는데, 현재 운영되고 있는 여러 지원사업은 청년층으로 집중되어 있어, 10대 청소년기의 이른 나이부터 은둔하는 경우는 조기에 발견하여 개입하기 위한 사회적 고민과 방안이 미비한 것으로 보인다. 더불어 서울시 고립·은둔 청년 실태조사(2022.12)에 의하면 5년 이상 은둔생활이 장기화된 청년들도 28.5퍼센트에 이른다고 하는데, 은둔과 고립의 문제가 해소되지 않고 은둔 기간이 장기화되어 중장년층까지 이어질 위험성에 대해 적극적으로 차단하고 해결하기 위한 중장기 정책도 필요하다.

게다가 여러 지자체의 조례나 관련 기관의 연구, 또는 지원사업마다 은둔형 외톨이 혹은 고립 청년을 규정하는 근거로 삼는 은둔의 기간이 상이하고 조사대상의 연령 기준도 달라 은둔형 외톨이를 지원하기 위한 사회적 체계가 통합되지 않았음을 알 수 있다.

당신의 안부를 묻습니다,
모두 안녕!

2022년 여름부터 시작한 고립·은둔 청년 릴레이 인터뷰는 청년 네명의 삶과 깊게 마주하는 시간이었다. 그들을 만나 내가 무엇을 해보겠다고는 생각하지 않았다. 그저 동시대를 살아가는 청년들의 이야기를 귀담아 들어주고 싶은 마음, 그것 하나로부터 인터뷰를 시작했다. 그들이 마음속에 숨겨놓았던 자기 이야기를 편하게 꺼내놓을 수 있도록 질문을 잘 던지고 그들의 대답에 귀를 기울여 들어주는 것이 내가 할 수 있는 최선의 역할이라고 생각했다. 2022년 8월부터 최근까지 계속 이어서 하고 있는 이메일 인터뷰까지, 인터뷰어로서 나는 줄곧 인터뷰이의 이야기에 귀 기울여 들어주는 역할에 집중하고 있다.

"내가 어떻게 생각하는지 되돌아 볼 수 있는 시간

이 되었어요."

은둔의 경험을 부끄러운 것이 아니라 지치고 아픈 자신에게는 필요한 시간으로 여기면 좋겠다고 조언하는 모카는 앞으로 은둔 경험자로서 해야 할 일이 많다고 다부진 미래를 꿈꾸었다. 자신의 삶을 사랑하며 아껴줄 마음으로 방 밖으로 나올 용기를 내보는 청년들과 모카의 활력 넘치는 어떤 날이 그려진다.

"치유가 되는 시간이었어요."

인터뷰를 마치고 3층 카페에서 내려오는 길에 모험가는 내 뒤통수에 대고 수줍게 이야기했다. 좁은 통로에서 오가는 사람들과 동선이 꼬일까 싶어 고개를 핵 돌려 대답하진 못했지만 기분 좋은 내 마음은 전해졌을 것이다.

"세상에는 내가 보는 한 면이 아닌 다른 면도 있구나 하는 생각을 조금씩 하게 돼요. 세상을 보는 마음이 조금씩 열리고 눈곱만큼이지만 저에 대한 기대도 하게 되었어요."

가을에 인터뷰를 끝내고 두 달이 지나 한 해의 끝자락이었던 겨울날에 세계를 다시 만났고, 따뜻한 쌀국수와 볶음밥을 식사로, 커피를 후식으로 함께하며 인터뷰 이후의 근황과 작은 변화를 나누었다. 세계는 처음 쌀국수를 접했을 때 낯선 것에 대한 반사적인 경계심으로 한사코 거부하다가 어머니의 계속된 권유에 마지못해 먹었던 첫 쌀국수가 꽤 괜찮았다고 했다. 상처뿐인 세상을 피해 도망가듯 숨어들었던 세계에게 그동안 만나지 못했던 새로운 세계가 있다고 계속 이야기해주고 만나보기를 권해주고 싶다. 마지 못한 척이라도 숟가락을 들고 마지 못한 척이라도 방문을 열어서 차가운 공기 속 따스한 온기, 숨막히는 열기에서 찾게 되는 시원함까지 모두 다 느껴보았으면 좋겠다. '꽤 괜찮구나. 나만의 세계에서 나오길 잘했구나. 또 다른 세계를 만나보길 잘했구나.'라고 느끼며 스스로를 격려했으면 좋겠다. 그다음 발걸음을 내디딜 힘을 얻었으면 좋겠다.

"아무런 관계도 아닌 관계에서 도움을 청할 수 있는 사람이 있을 거라고는 생각해보지 않았어요. 제가 방문을 열고 나오기를 바라는 사람이 있다고도

생각해보지 않았구요. 써니 님이 제 방문을 두드려
준 것 같아요."

지구는 인터뷰를 하며 인간관계가 스스로를 고립하
게 만든 바탕이자 본질이 되었다는 것을 알게 되었다
고 했다. 충분한 위안과 도움을 받았다고도 했다. 고
마웠다.

네 명의 청년과 6개월 이상을 인터뷰라는 이름으로
대화를 나누었던 경험은 서로의 안녕을 기원하는 마
음으로 안부 레터 ≪매일안녕≫의 발간으로 이어졌
다. 그리고, 또다시 은둔과 고립의 어려움을 겪고 있
는 외로운 이웃들과 일상의 안부를 나누고 느슨하게
이웃이 되는 <오늘안녕> 프로젝트로 연결되었다.

은둔과 고립을 경험하셨던 분이거나 현재도 어려움
을 겪고 계시는 분이라면 일상을 함께 나누고 느슨
하게 이웃이 되는 <오늘안녕>에서 함께 해요!

은둔과 고립을 무엇이라고 생각하는지 상관없습니
다. 사회생활을 하고 있지만, 인간관계에 대한 부

담으로 거리감을 두고 혼자만의 시간을 갖고 있어도 괜찮습니다. 조용한 시간을 보내고 있지만, 한편 누군가와 느슨하게 연결되고 싶다면 <오늘안녕>과 함께 해주세요.

서로의 안부를 묻고 책과 문화활동을 빌미로 나의 이야기를 나누며
소소하게 일상을 환기시키는 <오늘안녕>에서 여러분을 기다립니다.

<오늘안녕>을 통해 24세 청년부터 환갑을 코앞에 둔 59세 중년까지 총 14명과 안부를 나누고 서로의 안녕을 응원하는 느슨한 이웃맺기가 진행되고 있다.

'가끔씩 오늘 같은 날
외로움이 널 부를 땐
내 마음속에 조용히 찾아와줘.'

장필순의 노래, '나의 외로움이 널 부를 때'의 가사
한 자락이다. 함춘호의 기타 소리에 얹힌 그녀의 노
래는 마치 햇빛이 강한 봄날에 피어나는 아지랑이같
이 살랑거린다. 무심결에 '외로움'이라는 단어를 검
색해 나온 노래 중 가장 눈에 띄는 제목이었다. 홀리
듯 듣게 된 노래에 푹 빠져들었고, 인터뷰에 참여했
던 청년들이 생각났다.

**'아, 이들의 고립과 은둔, 그 속에 있는 깊은 외로움
이 나를 불러냈구나.'**

지난 해 나는 네 명의 청년을 만났다. 화상 인터뷰로
처음 본 모카, 늦더위와 함께 만난 세계, 종로의 어
느 한적한 카페에서 만난 모험가, 늦가을과 겨울의

문턱에서 만난 지구까지, 모두 다른 모양의 외로움을 안고 살아온 평범한 청년들이었다. 15년 가까이 사회복지 현장에서 많은 당사자를 만났지만, 고립·은둔 청년, 또는 은둔형 외톨이라고 불렸던 자신의 이야기를 들려줄 청년들을 그 어느 때보다도 마음과 정성을 다해 만나려고 애를 썼다. 오감을 넘어 나의 모든 감각을 열고 그들의 모든 이야기에 집중하고 귀 기울이려고 했다. 그들의 경험과 감정과 아픔을 내 것으로 느끼려고 했다. 인터뷰이로서 존중받고 대접받는 인터뷰를 진행하고 싶었다.

바람은 그대로 이뤄졌다. 현실을 피하려 일본으로 떠난 모카를 따라 나도 일본의 어느 거리를 서성였고, 인터뷰 중 과거 회상에 힘들어 5분만 쉬자고 청하는 세계를 따라 나도 조용히 숨을 고르며 함께 아파할 준비를 했었다. 가장 긴 시간을 홀로 보냈던 모험가의 일상 탐험 이야기에 별다를 것 없는 오늘이 새롭게 느껴졌고, 지구의 이메일을 열어보며 답변 문장 사이사이에서 그녀의 목소리와 표정과 감정, 호흡을 느끼곤 했다. 이들에게는 가족, 친구, 선생님처럼 가까운 사람들과의 관계에서 받은 상처와 아폼이 있었고, 쉽사리 넘어설 수 없는 무기력과 좌절의 흔적이 있었다. 혼자 있는 것이 편하다고 생각했지만, 자유보다는 깊은 외로움을 느낄 때가 많았다. 은둔했고 고립되었지만, 다시 연결되고 싶은 마음도 있었다.

인터뷰를 진행하면서 몇 가지의 깨달음이 있었다. 고립과 은둔은 누구에게나 찾아올 수 있다는 사실, 그들에게는 방문을 열고 세상으로 나올 수 있는 용기가 있었다는 사실, 그리고 그들이 용기를 낼 수 있도록 끊임없이 굳게 닫힌 문을 두드려준 가족들과 친구들이 있었다는 사실이다. 그 두드림은 몇 번의 계절이 지나도록 열지 못했던 문을 열고 스스로 한 발을 내디딜 수 있도록 세상과 이어주는 징검다리가 되어주었다.

나도 그들에게 다리 놓는 사람이 되길 바랐다. 방문을 두드리고 차 한잔을 청하며 안부를 묻고 싶었다. 우리가 연결되어 있다고 말해주고 싶었다. 그렇게 일상의 안부를 묻고 느슨하게 연결된 이웃으로 관계를 맺어가는 <오늘안녕> 프로젝트를 시작하게 되었다. 또 지금은 14명의 청년, 중·장년 이웃과 소소한 일상, 고민을 나누며 서로를 지지하고 격려하는 관계를 만들어 가고 있다. 그들은 <오늘안녕>을 통해 은둔과 고립감에서 벗어나 삶의 활기를 되찾고 누군가와 연결되는 소속감을 갖고 싶어 한다. 그들은 세상과 소통하는 방법을 배워나가고 새로운 사람들과 편안한 이웃이 되어가기 위해 노력하고 있다. 여전히, 세상과 상대하기 무서워 은둔의 시간이 필요하다고 하는 메이 님에게 안부를 묻고 차 한잔 마시자고 함께 청하는 이웃이 생겨났으면 좋겠다. <오늘안녕>을 함께하는 이웃이 바로 당신이기를....

고립과 은둔, 외로움의 이야기를 나누는
인터뷰에 참여하려면 sunnyokay79@gmail.com

고립과 은둔의 경험을 나누어 주세요.
당신의 이야기는 누군가 방문을 열 수 있는
힘과 용기를 줍니다.